Payback
PAYBACK

Payback

PAYBACK

改過遷善。

這句話說得真好。擺脫過去的錯誤、改過向善是件好事，不過，無須如此才是最好的。不幸的是，我的人生沒有這麼理想，因為我曾是人們口中的流氓，是個貨真價實的王八蛋。

從國中開始，我就一直和狐朋狗友們鬼混，甚至離家出走過好幾次。高中入學後也經常蹺課，不到一年就遭到退學。獨力撫養我與弟弟的母親，在我被學校退學後，終於停止露出自暴自棄的神情責罵我。

大概是厭倦了吧。也可能是凌晨到餐廳工作、養家活口的忙碌現實，讓她終於放棄了這個一事無成的混帳兒子。

不去上學後，我就像隻脫韁野馬，在自己的世界裡為所欲為。勒索同學、偷醉漢的錢、每天飲酒作樂。無人管束的自在生活，讓我一天就能抽掉兩三盒香菸，後來甚至碰了別人給我的、說吸了會很爽的毒品。

為了虛張聲勢而刺青，騎重機競速，跟狐群狗黨一起打架鬼混。或許是我打架還算厲害，不知不覺就成了團體中的老大，我就這麼率領眾人，在深夜享受著危險刺激的飆車快感。

當時的我以為那樣很帥，覺得自己很了不起。所有人都怕我，那些跟豬一樣、只會窩在學校讀書的傢伙，甚至看都不敢看我一眼。那時的我並未發現，這一切使我頭腦逐漸麻木，令我徹底墜入無法掙脫的深淵。

偶爾聽到別人改過遷善的故事，多半是某天忽然對自己頹廢狼狽的樣子產生懷疑，才重新振作起來。要是當時的我也能如此，該有多好？要是某天我站在鏡子前，被鏡中那個染了一頭金髮、虛有其表的小混混嚇到，並因此重新振作就好了。

我明白，不管對過去感到多麼懊悔都無濟於事，可每每想起，那股揮之不去的罪惡感都會重重壓在我的胸口。

在別人忙著讀書、準備考大學的年紀，我口口聲聲說要工作，到了貸款公司上班。

我的工作是負責討債。還不出錢的人，大部分都窮得無處可逃，只能苟延殘喘地生活。在當時的我眼裡，他們不過是補貼工資的移動金庫罷了。

我曾經逞凶鬥狠、恐嚇女人與小孩，或在半夜埋伏、持刀威脅他人。只要能拿到錢，我什麼事都敢做，而用那種方式賺到的錢，也遠比想像中還多，讓我幾乎沉溺於自負之中，難以逃脫。看吧，賺錢不也是輕輕鬆鬆？世界仍然懼怕著我，我似乎無所不能。

在餐廳工作十幾年，依然只能承租地下室套房的母親，令我感到悲哀煩躁，所以我不曾拿薪水回家，只忙著將那些錢拿去吃喝玩樂。每天喝著昂貴的洋酒，跑遍高級酒吧與酒館，陶醉於自己的厲害。

唯一拿到我薪水的人，是我當時的愛人明新。他跟我一樣高中輟學，是個外表別緻、即使說是女人大家也會相信的男人。也是他讓我知道，原來自己也可以跟男人上床。他的話不多，總像小狗一樣跟在我身後，激起我的保護欲。

既不用擔心懷孕，也可以在需要時隨意洩欲的對象——我們是這樣開始的。但相處滿一年後，我卻不知不覺把他當成愛人看待。儘管後來我才明白，那不過是我一廂情願的錯覺。不對，當時的人生，對我來說都是錯覺，而他只是其中微不足道的一部分。

不曉得是不是擁有亮眼的外表，他一直夢想成為藝人。他拿著我給的錢，勤奮不懈地補習，到處打聽經紀公司。我曾經納悶，個性溫順的他真的有辦法演戲嗎？但我也沒有特別在意。他總是被假的經紀公司騙錢而憂鬱，安慰那樣的他，便是我的日常。

後來，過了一年，進入新年度的初夏。那些跟我同屆的人已經進入大學，正享受著第二年的大學生活，而我仍舊靠著威脅別人賺錢。

那天，從一早就莫名倒楣。

過去總被經紀公司欺騙、只會哭哭啼啼的明新興奮地對我說，他前幾天去的經紀公司是真的。

——就算是真的，也只會騙走你的錢吧。

我暗自想著，同時對他雀躍的表情感到有些煩躁。因為喝酒喝到半夜，我起得比較晚。當我走出家門，準備前往貸款公司的辦公室時，有個人正在附近等我。

「哥。」

聽見熟悉的聲音，我轉頭一看，只見一個月前回家時見過的弟弟，正穿著不合身的國中制服站在那裡。

「幹嘛？」

這時間他應該待在學校才對，為什麼會出現在這裡？

我皺著眉頭走向他。見我靠近，骨瘦如柴的少年冷冷開口。

「媽媽生病了。」

「所以呢？」

「……」

「你要我怎麼樣？」

「……錢。給我一點媽媽的醫藥費。」

他似乎非常不願開口要錢，一說完就緊抿著雙唇。我沒有掩飾自己的煩躁，從口袋掏出錢包，打開看看裡面有多少錢。

「要多少？」

「你可以給多少？」

正打算掏出所有萬元鈔票的我突然停下動作，問起一開始最該問的問題。

「她生了什麼病？」

「……不知道，她突然昏倒了，醫生說要動什麼手術。」

真麻煩啊。我想起媽媽因全年無休地工作，總是小病不斷的樣子，一邊掏出鈔票及支票。

「拿去。」

弟弟緩緩接過我遞出的錢，數完金額後，又冷冷開口。

「可以再多一點嗎？」

「醫藥費要多少？」

「四百二十萬[1]。」

1　約新臺幣十萬元。

「……什麼？」

究竟是生了什麼病、又病得多重……我本想繼續追問，但在看見弟弟的眼神後，卻什麼都問不出口了。這個不知何時長得這麼高的小子，一副會跑去跟外人借錢，要我別再管他的樣子。

「可以給我嗎？我之後還你。」

——你要怎麼還？

我忍著沒說出這句話，低頭看了看手錶。

「你下午再來一趟，我今天要去收款，就算沒辦法全部給你，也可以先給一半。」

說完後，弟弟朝我點了點頭，直接轉身離去。看著他逐漸遠去的背影，我倏然意識到，他應該在那裡等了我好幾個小時，只為硬著頭皮拜託我。

這天，不愉快的心情一路延續到催債的時候。今天的討債對象，是一對經營小吃攤的夫妻，年紀大概四十歲下旬，孩子卻只有三歲左右。那孩子的腿好像有什麼毛病，他們才會借錢讓孩子動手術。這對夫妻老年得子，把孩子捧在手掌心疼愛，孩子卻逼得他們必須把一整個月賺到的錢全部拿來還債。

可惜人總需要糊口生活，這對夫妻已經三個月繳不出利息了。這是我第四次去找他們。往常我總會把他們搜刮一空，連一枚銅板都不放過，但今天不可能只有如此，因為我也需要錢。於是乎，我使出了非常手段。

「啊！為、為什麼要這樣?!」

妻子癱坐在地上淚流不止，一旁的丈夫臉色慘白地大喊。

「你、你要做什麼?!快、快拿開！」

他看起來跟妻子一樣快昏過去了，但身為男人的他還是強忍著驚懼挺身而出。只見我故意抓住孩子的身體，一把拉起哭泣的孩子，而另一隻手正握著一把銳利的短刀。

「嗚哇——嗚哇——！」

孩子大聲地哭鬧掙扎，我抓緊他小小的身體，掐得他臉色漲紅。當刀子抵住孩子的肌膚，男人才終於跪下。

「求求你、求求你放過孩子……拜託，請你放過孩子吧，我什麼都願意給你，什麼都願意……」

聽見他混雜著抽泣的哀求，我噗嗤一笑，提出了要求。

「把這間房子的租約拿出來，馬上聯絡房東，叫房東退還押金。」

話音剛落，男人驚訝地起抬頭。

「那、那我們要住在哪裡……」

「嗚哇——！」

鋒利的刀刃輕輕劃過孩子柔嫩的臉頰。興許是被冰冷的刀鋒嚇到，孩子扭動著身體抽搐了一下。刀鋒在孩子的嫩肉上劃出一道紅線般的傷口。緊接著，男人激動地喊著孩子的名字，伸出顫抖的雙手。

「我、我照做就是了！只求你別傷害孩子！」

他踉蹌著起身，將原本藏在某處的租賃合約遞給我。我看了看合約上的金額，他們已經好幾個月沒繳房租了，押金大概只能拿回一半，媽的。但只要能拿到這筆錢，我就有錢可以拿給弟弟了。

聽完他與房東開擴音的通話內容後，我才把已經暈厥過去的孩子放回地上。孩子的母親隨即衝上前，流著淚將孩子一把擁入懷中。我穿好鞋子，打算推門離開，就像進門時那樣。就在此時，背後傳來的聲音讓我忍不住停下腳步。

「你……」

小套房中充斥著女人不間斷的哭泣，但男人低沉的聲音依然清晰地傳入耳中。也或許，是我看見了那雙怒不可遏的眼睛。

「……你會遭天譴的。」

「天譴？哼，如果有那種東西，世上的壞蛋早就死光了，神經病。」

我冷笑一聲，關上門離開。女人崩潰的哭泣，仍不斷自顧自地從身後傳來。

又完成幾份工作後，我悠哉地回到家裡。假如真的可以回到過去，這是我最想回到的時刻。

可惜當時的我一心只想把輕鬆取得的錢交給弟弟，然後趕快回家和明新親熱。唯有那小子的身體，可以讓我從一早就不安的情緒中舒緩下來。我滿腦子只想著那件事，在上午遇見弟弟的地方，看見了同樣站在那裡的弟弟。認出我的弟弟，彷彿看見毫不相干的外人般，表情木然地望向我。

「哥，你為什麼現在才回來？」

他似乎在那裡等很久了。一聽見他的聲音，本想從口袋掏錢的我忍不住皺起眉頭。放肆的傢伙，那是什麼表情？居然還敢質問我為什麼現在才回來？要給你錢就已經夠煩了。按照我平常的個性，大概會不分青紅皂白揍他一頓吧。但當下的我只想趕快給完錢回家，便從口袋掏出裝錢的信封，朝他走去。

「雖然不是全部，你先收下吧，明天我會再湊到一些……」

那句「能給多少，我會盡量給」還來不及說出口，我便發現弟弟神色有異。不，他並不是在看我，而是驚恐地凝視著我身後。就在我納悶回頭的瞬間，某個東西迅速地掠過眼前。直到痛苦的呻吟自前方傳來，我才倏然意識到剛才的黑影是個奔跑的人。

「呃……！」

我再次轉身，眼前的場景彷彿被暫停般定格在眼中——驚懼的神色盈滿雙目，開闔的嘴只能吐出意義不明的字句，弟弟整個人僵在原地，一把不知從何而來的刀刃已惡狠狠地刺進他的腹部。而持刀的凶手，那個我不久前才見過的、孩子的父親，這才緩緩轉過頭來，露出得償所願的狠戾表情。

「這就是報應。」

在那之後的事我記不清了，只有鮮紅的血色清晰地烙印在記憶之中。當我再次清醒過來、得知弟弟過世的消息，已是隔日清晨。我甚至連自己是怎麼回到家的都不知道。

喔，對了，你們聽過有句話叫「禍不單行」嗎？

隔天我回到住處，開門後發現屋內一團混亂，四處被人翻箱倒櫃，就連我已經收齊、預計拿回辦公室的幾千萬現金也不見了。姍姍來遲的房東說他已經把押

金退給我了，要我趕快打包行李搬出去。

直到這時我才意識到，我被明新背叛了。我多麼希望一切不幸能就此終結，只因弟弟不惜低聲下氣找我借錢的理由，我們身患重病的母親仍在病床上等待奇蹟降臨。在弟弟過世兩天後，我終於隻身前往醫院探望她，然而等待我的，卻只有因錯過最佳手術時機而被宣判腦死的母親。

當時的我根本無法接受這晴天霹靂的情況。怎麼會變成這樣？為什麼所有的不幸彷彿詛咒般要將我徹底吞噬？正當我沉浸在自怨自艾的情緒之中，耳邊驟然傳來了醫生平靜的詢問。那句話是如此清晰而殘酷，彷彿是我渾渾噩噩的腦袋中唯一能聽見的聲音。

「她雖然還活著，但必須依賴呼吸器，大概撐不了多久。如果家屬做好心理準備的話，要不要就此送母親離開……」

「是讓我決定要不要殺死媽媽？」

已經害死了弟弟，還要親手葬送母親？面對亂七八糟的人生，面臨弟弟過世、媽媽性命垂危的種種不幸，眼下的我也只能強迫自己振作起來。儘管母親只剩下身體還活著，我仍執意用昂貴的儀器將她強留於世。從醫院離開後，我前往了當時工作的貸款公司，在那裡借到了能讓媽媽繼續活下去的錢。

「你要怎麼還？」

老闆的疑問中帶著笑意。

「我會拚死拚活、做牛做馬工作還錢。」

他忍不住露出牙齒。

「大家借錢的時候都是那樣說的，不過，從來沒人準時還錢，你大概也一樣吧？雖然你應該知道了，我還是要告訴你，你不能繼續在我手下工作了，我不放心把錢交給你這種傢伙。」

「我會找到其他工作，把錢還清的。」

「嗯，大家都這麼說。」

老闆似乎覺得很有趣，從金庫拿出一捆捆現鈔。

「你知道沒還錢會有什麼下場吧？」

「知道。」

「這下真的頭痛了。你這小子什麼時候會跪下來哭著求我留你一命呢？我拭目以待。」

我離開嘻嘻笑的老闆，回到醫院付了醫藥費。而後，我久違地回到真正的家。依舊是沒有一縷陽光、飄著霉味的地下室。好幾天沒人進出，屋內好似瀰漫著一股沉重的氣息。在這恍若實質的空氣中，我幾乎舉步維艱。

不曉得是不是急著出門，棉被只折了一半，衣架底下還散落著幾件衣服。這些有人生活過的痕跡，在我眼裡卻像死去的標本，讓我感覺自己是誤闖於此的不速之客。隨後，我將目光轉向書桌上的螢幕。我走近挪動滑鼠，並未關機的電腦螢幕立刻發出明亮的光芒，我皺起眉頭，喃喃自語。

「這小子連電腦都沒關就出……」

抱怨的話消失在口中。噢，對，弟弟已經死了。

我起身慢慢環視房間，四處都留有弟弟與媽媽的痕跡。書桌上擺著一本本國中的教科書和參考書，一塊被裁成兩半的橡皮擦滾落一旁；貼在牆上的課表布滿弟弟的字跡，他用不同顏色的彩色鉛筆將課表註記得漂漂亮亮，一點都不像男孩子會做的事。我這才猛然想起，聽說那小子書讀得不錯。

我將目光從書桌挪開，轉頭瞥見了裝滿化妝品樣品的小塑膠籃。媽媽這輩子的化妝品就只有那些如同贈品的小瓶罐，她也只在出席特殊場合時才會拿出來用。記憶中的塑膠籃已經老舊褪色，一道裂痕攀附其上，將它裁成了兩半。

我站在房間中央凝視許久。

這裡的一切，止於平凡的日常，它們靜靜等待著主人歸來，若無其事地保留著平時的模樣。待在已逝弟弟與瀕死母親生活過的住所，我才真真實實地感受到，活下來的，只有該死的我。

我曾相信是朋友的那些人，在得知我的遭遇後全都離我而去。我其實不怪他們，畢竟他們的確沒有多餘的心力替我收拾爛攤子。我有債在身，想徹底還清的話，就必須像我承諾老闆的一樣，拚死拚活地工作。於是，我第一次開始做起正規的工作。清晨派送報紙，日間在工廠的流水線包裝，入夜後穿著滑稽服裝，在娛樂商圈發傳單。

每天兩餐和三個多小時的睡眠，我的打工生活就這樣開始了。那天過後，媽媽又多活了三個月。原本被醫生宣判只能再撐幾個禮拜卻硬生生活了三個月的母親，說不定直到最後仍掛念著孩子，只為了稍微、稍微不讓我那麼孤單。

在退租媽媽的套房，用拿回的押金付完最後一筆醫藥費，真的變成窮光蛋的那天，我也仍在娛樂商圈發著傳單。在炎熱夏夜戴著悶熱的布偶頭套，向人們遞出一張張新開幕的ＫＴＶ傳單。

那天我剛把母親的骨灰灑進河中，但我並沒有任何喘息時間。自三個月前開始工作後，腦中某個部分就好似生鏽般無法繼續支持大腦運轉。也許是麻木的情緒徹底侵蝕了心緒，凌晨兩點下班後，我坐在娛樂商圈的後巷，莫名其妙開始思考一些奇怪的問題。

這些日子我不斷支付昂貴的醫藥費，不就是希望媽媽活下來嗎？那為什麼在她已經逝去的此刻，我並未感到悲傷呢？可惜內心茫然升起的疑惑，很快就被濃重的疲憊驅散了。凌晨要再去送報紙的話，我必須趕緊回到臨時租用的倉庫，才能勉強得到兩三個小時的休息。

只是，平時早已迅速行動的身體，那天卻難以動身。我戴著頭套呆坐在原地，聽見某處傳來吵架的喧嘩。在娛樂商圈，吵架鬥毆簡直稀鬆平常，但如果雙方的聲音聽起來清醒且毫無醉意的話，就十分少見了。儘管如此，那也不足以引起我的注意。但某人脫口而出的一句話，還是讓我忍不住挪動了身體。

「臭小子，你會遭天譴的！」

男人撂下狠話後，肢體衝突的聲響隨之傳來。緊接著，又是一陣凌亂的鏗鏗鏘鏘，應該是某人撞倒瓶罐發出的碎裂聲。這種聲音，我再熟悉不過了。我挪動腳步走到轉角，只見四個男人正將另一個男人團團包圍。

可想而知，面對眾人圍攻，那人只得採取守勢，但場面上雙方依舊勢均力敵。我發現那個人應該很能打。並非只因他以寡敵眾。圍攻他的人目測只有二十歲出頭，一看就是剛從附近夜店嗨完出來、自以為是的小混混，像那樣的傢伙，我一個人也有辦法搞定。真正令我感到驚訝的，是他垂在身側的一隻手正打著石膏。儘管如此，面對四人圍攻，他仍面無表情地從容應對。雖然完全搞不清楚狀況，我總覺得打著石膏的男人最後會取得勝利。

要不是那句話吸引了我的注意，我根本不會在意這種事。但在我準備轉身離去的同時，我看見其中一個小混混從懷中掏出了某樣東西。那是我相當熟悉的短刀。曾經的記憶如潮水般湧來，我不由自主邁開腳步。當我回過神，身體已率先行動了。

「呃啊啊！」

匡噹！

刀子從空中墜落，失去凶器的小混混被我反扭手臂，發出淒厲的慘叫。剎那間，打鬥停止了，只見小混混們全都面露驚慌，所有人的目光都集中在我身上。

「你誰啊？」

其中一個人納悶地詢問。我瞟了他一眼，把拳頭揮向仍在慘叫的那小子的另外半張臉。

乒乒乒乒——

他滾到地板上，發出一聲巨響。見狀，其他三個小混混急忙跑向伙伴，轉過頭來怒瞪著我。

「媽的，你跟那小子是一伙的嗎？」

我沒有看向他所指的對象，直接搖了搖頭。但他們一臉不信，更大聲地叫囂。

「無恥的傢伙！居然串通好搞偷襲！真卑鄙……」

四個人圍毆一個人，還好意思說別人卑鄙？可悲的小混混叫囂完，二話不說揹起昏倒的伙伴逃跑了。應該是覺得他們四個連一個人都打不贏，如果還要對付我，根本毫無勝算吧。見他們落荒而逃，我再次轉身準備離開。啊，該回去補眠了。我在腦中設定好目標，正要邁開腳步時，被留在原地的男人叫住了我。

「喂，兔子。」

兔子？我不解地轉過頭，才想起自己還戴著兔子頭套。難怪那些小混混剛才看到我的時候，露出了錯愕的神情。我還在想著那些落荒而逃的小子，慢悠悠的聲音卻再次傳來。

「你要怎麼負責？」

他嘴上叼著不知何時掏出的香菸，帶著慵懶的眼神繼續開口。

「拜你所賜，我本來想玩弄的傢伙落跑了。」

「……」

「我在問你話，歐讚啦KTV。」

他用平淡的語氣，念出了印在布偶裝上的KTV名字。若是換成其他人，我大概會直接笑出聲，但他冷淡的聲音，反倒令我有些惡寒。我轉過頭，直直看向他的眼睛。

「所以你想怎樣？」

「換你陪我玩吧。」

他幾歲了？似乎超過二十五歲了？他的眼神讓我不敢隨意估算他的年紀。我在貸款公司工作時，許多在業界以心狠手辣出名的年長老闆，都有著那樣的眼神——無論對方說什麼都毫不動搖的、不似人類的眼神。雖然他語氣從容，我仍本能地產生了戒心。

雖說我也算是個狠角色，但在殘酷社會摸爬打滾後，深知絕對不可以跟擁有那種眼神的人來往。我視線往下，看見了他打著石膏的手臂。他個子很高，和我以前贏過的對手不相上下。要是一年前遇見他，我說不定會不顧一切跟他拚命。不，或許還會因為對方有一隻手不能動，認為現在值得一戰。

打架對我來說並不困難，畢竟我能拿得出手的也就只有打架了。可惜我今天十分煩躁，就算打了一架，也只會讓心情更加鬱悶。看我沒有回答，他似乎以為是我不願意的意思，只見他把抽了三分之一的香菸丟在地上，再次開口。

「如果你不願意，我只好強迫你陪我玩玩了。」

我看著一步步朝我走來的他，說出了連自己也覺得匪夷所思的話。

「男人你也可以嗎？」

他的腳步遲疑了一瞬。在理解我的意思後，他的眼神第一次顯露笑意。只聽那平靜冷淡的聲音又一次在我耳邊響起。

「如果讓我在上面的話。」

我戴著頭套，赤裸著下半身，跨坐在男人精壯的腰腹上。

即使頂著碩大的玩偶頭套，模樣滑稽，像極了一根加倍佳棒棒糖，我和打著石膏的男人誰都沒有笑。後穴生平第一次被性器撐開，緩慢下沉的雙腿也因撕裂的疼痛直發抖，讓我根本笑不出來。而我身下的男人反倒真摯地給予建議，讓我「慢慢來」，不要著急。

這是場奇怪的性愛。沒有愛撫，沒有前戲，一脫掉衣服就直接插入。疼痛占據了我的大腦，過分的不適讓性器根本硬不起來，未經人事的後穴因粗暴的動作流著血，我咬著牙，暗自祈禱這場莫名的歡愛能快點結束。但與此同時，我並沒有制止由下而上一次次深埋進我體內的男人。

不知為何，他勃起的硬挺從一開始便毫不留情地攻城掠地，頂得我一陣頭暈目眩。他不顧我後面流血的傷口，用能夠自由活動的那隻手緊緊箝住我的腰，讓我無法逃離。毫無章法的抽插持續了許久，疲憊的身體、恍惚的精神與痛苦層層交疊，讓我感覺時間格外漫長。

直到男人終於射在我的體內，我才驚覺自己早已淚流滿面。

在粗暴的性愛中喘得上氣不接下氣，直到頭套底下喘著熱氣的唇舌嘗到了腥鹹的味道，才發現淚水已不知不覺順著眼眶滑落。男人停下動作後，我精疲力竭地用雙手撐在他的腰腹上，就這樣無聲地痛哭了好一陣子。

可能是太需要溫暖了吧。然而，理應遭到天譴的我並沒資格接受。但如果是這二十幾分鐘的痛苦性愛所帶來的、微不足道的暖意，或許就會被諒解吧。我是因為這樣才哭的嗎？男人的性器仍埋在體內，我好不容易止住淚水抬起頭，發現他正面無表情地看著我。

「如果哭完了，就把頭套摘下來吧。」

他脫口而出的命令，帶著一種微妙的語氣。明明可以直接摘下頭套，我卻沒那麼做，反倒沉默地撐起痠軟的身軀。原本深插在體內的性器被逐漸拔出，青筋摩擦過內壁的詭異觸感清晰地沿著脊椎蔓延。當粗長的性器完全退出我的身體，精液也隨之流淌而出，我沒有理會，徑直穿上褲子。發現我準備離開的他眼神一黯，撐起上半身坐了起來。

「喂，兔子，如果想被疼愛，就乖乖聽話。」

聽著他漫不經心的恐嚇，我拖著穿好一半的褲子走向他。他坐在床沿抬頭看向我，而我站到他面前，開口問道。

「世上真的有天譴嗎？」

「沒有。」

他的回答迅速而肯定，我緩緩點了點頭。

「對，沒有所謂的天譴。」

理應遭受天譴的人依舊壞事做盡、逍遙度日，這就是現實。是啊，我並沒有遭到天譴，我只是自作自受罷了。對我來說，「天譴」或許是個過於奢侈的藉口，想透過根本不存在的懲罰，為自己的罪狀開脫。「因為不走運而落得如此下場」這種無聊的妄想，我也不需要。

就在這時，男人冷淡的聲音再次傳來。

「不過，因果報應是存在的。」

「……」

「所以世界才有趣啊。」

他揚起的嘴角邊，泛起一個小小的酒窩。那一刻，我一邊在內心不合時宜地想著「真可愛」，一邊伸出了手。

「咳呃！」

男人抓住打著石膏的手臂，彎腰痛呼一聲。打著石膏只露出一半的手仍然腫脹，其上布滿暗紅色的瘀青，看來似乎受傷沒過多久。既然被我用力扭了一下，他的石膏應該要打更久了吧。雖然有點過意不去，但我沒空繼續陪他鬼混。我把地上狼藉的布偶裝掛在手上，從口袋掏出一疊現金——那是我穿著這套兔子裝發傳單，領到的兩萬元[2]工資。

我把錢丟到他面前，並附上一句——

「這是陪我玩的報酬。」

付了兩萬元買到的一夜春宵，帶來的後遺症比我想像中還要嚴重。我幾乎痛

2 約新臺幣五百元。

苦了整整一週。而且那天的衣服不知為何沾到血——大概是小混混的血吧——我隔天立刻被炒魷魚，再也沒機會穿上兔子裝了。

後來我又找了一份道路施工的夜班兼差，我的一天再次被做牛做馬賺錢還債的工作塞滿，每一天都疲於奔命。

現在回想起來，那大概是我這輩子咬緊牙關只為完成某件事、堅持最久的時期。

時光飛逝，四年零六個月過後，在我年滿二十六歲那年，總金額三億五千三百二十七萬七千三百六十元[3]的負債終於全部還清。看著那天文數字般的金額，真的很難想像其本金不過才兩千萬元[4]。

當我帶著最後一筆錢去找老闆時，他咧嘴一笑，開口稱讚我。

「有你這種小子，這一行就好做了。」他沒有停下挖苦，緊接著又補了一句：

「需要錢的時候再來找我。」

我沒回話，只是默默起身準備離開。見我要走，他似乎想起了某件事，突然叫住我。

3 約新臺幣八百三十五萬元。
4 約新臺幣五十萬元。

「對了，你除了跟我借錢，還有到其他地方借錢嗎？」

「沒有。」

「這樣啊？嗯，聽說最近有人在找你。你剛開始還債的時候，我幫你引薦的人力派遣中心有跟我聯絡。你當年有闖什麼禍嗎？」

剛開始還債已經是五年前的事了。當時哪會闖什麼禍？老闆介紹的機構分派給我的工作，就只有穿著布偶裝發傳單而已。

「沒有。」

聽見我冷淡的回答，他歪頭「嗯哼」一聲。

「因為對方急著找你，我還以為你又惹事了。我已經跟對方說我不認識你了。」

他直盯著我，似乎在等我道謝。

不過該辦的事都辦完了，我毫不留戀地轉過身。這時，他卻再次叫住我，聲音莫名誠懇。

「喂，你想不想再回來我底下工作？」

「不想。」

「……原來你真的改變了啊。」

接著，我聽見了他疑惑的聲音。

「你真的改過遷善了？」

沒有理會他的感慨，我徑直推門離開。宅配工作分秒必爭，如果想將今天的貨物派送完畢，最好現在立刻開始行動。

那天似乎是個幸運的日子。當然也可能是終於還清債務，讓我產生了錯覺。興許是許多地方同時簽收了多個包裹，縮短了移動時間，也沒有需要搬到三樓以上的沉重貨物，那天送完貨的時間比平常早。可惜這份好運似乎沒有持續多久，我才剛送完貨上車，就接到所長打來的電話。

『喂，XX那邊出事了，有人的車子拋錨，你趕快過去支援！』

所長似乎還有其他事要忙，傳來一陣雜音後，電話就掛斷了。XX不就是商辦聚集的中央地帶嗎？那裡下班後就沒人了，必須趕在辦公室關門前送達，時間略顯緊迫。我看了下手錶，發現已經五點三十分了。我一邊轉動方向盤，一邊心想——就算貨車變成飛機飛過去，也趕不上吧。

我汗流浹背地奔向最後一個送貨地點，那是矗立在地價昂貴的精華地段的某棟大樓。不知道是不是大部分空間都屬於同一間公司，只有一塊招牌懸掛在大樓的最高處。車子拋錨的那位司機說這裡的員工會待到很晚，讓我慢慢來沒關係。

現在已經超過晚上七點，大樓前仍有人群聚集，門口也有不少人進出，而且包裹量也不少，這裡到底是什麼公司啊？之所以產生這種疑惑，是因為站在大樓前的都是女生，看起來全是國、高中的年紀。

我從貨車取出貨件，放到推車上，再到大樓入口按下電鈴。警衛從關閉的玻璃門內側看見我，馬上幫我打開正門，結果站在外頭的女學生們紛紛探頭，想朝裡面一探究竟。

不曉得那些女學生看到了誰，只聽她們發出一陣驚呼和尖叫。對於這裡的員工來說，這種景象似乎司空見慣，警衛和在寬敞大廳來去的人們都無人加以理會。我推著推車，向警衛領取通行證後，才知道這間公司是做什麼的。

「真不曉得她們的父母知不知道，自己的小孩為了見喜歡的明星竟然追到公司來耶。」

聽到警衛的嘟囔，我將目光轉向貼在後方牆上的樓層導引圖，映入眼簾的第一行字，即是公司名稱——夢想娛樂（Dream Entertainment）。

我突然想起我的前任——明新曾經說過的話，那是他一直渴望加入的、最頂尖的演藝經紀公司。喔，這樣啊？原來就是這裡啊。因為公司名稱而想起一段塵封的過往，讓我內心哭笑不得。

這幾年我都快忘了，我的前任背叛了我。我推著推車走進電梯，愣愣盯著緩慢變換的樓層數字。在我抵達目的地前的這段時間，耳邊不斷傳來和我一起搭乘電梯的兩個女人激動的喧嘩聲。

「哇，差點被嚇死。我跟妳說，我們部門被尹理事發現了工作上的錯誤。聽說其他人吃完午餐回來，立刻被叫去訓了一頓。光聽他們轉述，我就覺得消化不良了。」

「是怎麼發現的？」

「不清楚耶。反正妳也知道吧？尹理事的笑容總讓人背後發涼。」

「我知道，我知道！尹理事兩個月前第一次出現在公司時，大家都被他的笑容迷惑了，誤以為他個性溫和，就保持平常心跟他相處，結果最後被開除的人豈止一兩個？這次大概也是一場腥風血雨吧。」

女人縮起肩膀，好像真的很害怕的樣子。

「他年紀輕，又待過國外分公司，還以為他會管得比較鬆，殊不知根本是朝鮮時代的劊子手轉世……」

「叮」一聲，我按的樓層到了之後，兩個女人才放低音量。我滿腦子只想趕快送完這些貨，電梯門一打開，就急忙推著推車走出去。我戴著帽子，沒看清在電梯入口跟我擦肩而過的人的長相，但在聽到他的聲音的瞬間，我忍不住回頭看了過去。即使過了五年之久，那聲音依然耳熟能詳。

「喂，趕快過來！為什麼慢得跟蝸牛一樣？靠，不知道我拍攝要遲到了嗎！」

他暴躁的咒罵聲，讓我停下腳步。二十歲中旬、修剪整齊的頭髮、看上去體面的衣服和結實的身材。走進電梯的他，雙手交叉在胸前，瞪著急急忙忙從走廊跑來的人。

「呼，呼，是、是這個對嗎？」

氣喘吁吁跑過來的四十多歲男人遞出手上的飲料罐，不知道是不是剛從販賣機買來的，表面還凝結著水珠。然而，男人飛奔送來的飲料似乎派不上用場。

「不對。」

在簡短冷漠的回答後，是一串辱罵。

「白痴，連我喜歡喝什麼都不知道？」

拿著飲料的男人面露驚慌，一旁經過的其他人卻不以為意。彷彿習以為常般，無人在意電梯中的男人對中年男子沒大沒小的行為，反而讓停下腳步的我顯得特別奇怪。

「給你五分鐘，如果沒有在時間內把我要喝的飲料拿過來，我就讓你辛辛苦苦才進來的公司炒你魷魚，聽懂沒？」

伴隨他不耐煩的恐嚇，電梯門緩緩闔上。在門關上前，他的視線短暫地與我在空中相撞，但他馬上就移開目光，看向了身旁的人。門完全關上後，電梯發出隆隆的運轉聲，而我的目光依舊停留在那裡。

他就是五年前把我的錢拿走的明新。雖然外表判若兩人，但我確定就是他。這場意外的相遇，並沒有讓我的內心產生波動，也沒有因為他沒認出我而感到氣憤或失落，此刻我已經對他沒有任何感情了。背叛我的他，只是一段過往，至少對現在的我來說是如此。

「孩子們的補習費，孩子們的補習費⋯⋯」

微弱的碎念自一旁傳來，我轉過頭，發現方才拿著飲料的中年男人口中念念有詞，似乎在壓抑自己的怒氣。接著，他嘆了口氣，轉身開始狂奔。我也跟著一起轉身，繼續投入之前未完成的派件工作。

在送完包裹、再次搭上電梯前，我都沒有回想起自己與明新巧遇的那段過去，但跟我一起搭電梯的人，卻意外勾起了我的回憶。那個人懷裡抱滿五顏六色的飲料瓶罐，大概是不知道明新愛喝什麼，所以買了販賣機的所有飲料吧。

看見他的樣子，我莫名暗自苦笑。以前的明新幾乎不談論過往，卻總在酒後說起自己的故事，大部分都是在學校被霸凌的遭遇。他曾向我訴苦，在那之中他最討厭的，就是每天替人跑腿買飲料。

他說自動販賣機距離教室很遠，要趕在短暫的下課時間來回一趟很累，而且辛苦買回來的飲料根本毫無用處，因為自己買到的飲料不是對方愛喝的，只好多跑幾趟，最後把販賣機的每一種飲料都買回來。

他說家裡給的零用錢，每次都拿去買那些飲料。那些霸凌讓他無法適應校園生活，後來甚至離家出走，那時的他看起來似乎沒有走出被霸凌的陰影。然而，他現在握有權力後做出的行為，卻跟當時的加害者毫無二致。

——咚。

一罐飲料從男人懷中墜落。飲料罐滾到跟前，我彎腰撿起，遞給男人。但他還抱著冰涼的飲料，沒有多餘的手接下。

「不好意思，可以請你幫我放到這上面嗎？」

他稍微彎下腰拜託我的那一刻，咚——又一罐飲料滾到地上。男人驚慌地「哎喲」了一聲，而我再次替他將飲料撿起。

「我幫你拿吧。」

「謝謝。」

向我道謝的他無力地笑了笑，似乎認出了我是稍早目睹情況的宅配員。

「唉，這副樣子很可笑吧？為了生活，我也是身不由己。只有這裡願意收留把前經紀公司搞垮的我，能在這裡工作糊口，我就非常感激了……」

他多嘴地向初次見面的人傾訴著自己的故事，說著說著，猛然想起了什麼，突然壓低嗓門。

「啊，為了以防萬一，先跟你說一下，不可以把稍早看到的宋宥翰的樣子發到網上喔。」

「宋宥翰是誰？」

他「咦」了一聲，眼睛瞪得大大的。

「你不知道宋宥翰？就是叫我買這些的、那個該死……咳咳，那個藝人。」

藝人。這樣啊，原來他真的如願以償當上藝人了。名字換了，長相變了，原本柔弱的形象也捨棄了，如果沒有特別注意，我根本認不出他。

「雖然還不到主角等級，但也是最近當紅的演員。拍過幾支廣告，成為週末知名綜藝節目的固定班底兩個月了……」

我對那些事不感興趣，沒有做出任何回應，只是在一旁默默聽著。就在這時，他突然降低音量。

「那個，不好意思。」

終於止住話匣子後，他突然直勾勾地盯著我看。就在那股視線開始讓我覺得不舒服時，他莫名其妙提出了奇怪的要求。

「可以請你稍微拿下帽子嗎？」

「不要。」

聽見我毫不留情的回絕，他的眼神流露出一絲慌張。

「哎喲，我不是怪人啦，只是覺得你的眼神非常棒，想要更仔細看看你的五官……」

叮——

電梯發出抵達的聲響，我這才發現自己沒有按到本該前往的一樓。看著電梯門逐漸往兩側滑開，我把兩罐飲料放到欲言又止的男人的手臂上。

「請問你幾歲？還是學生嗎？我真的不是怪人……」

「五分鐘。」

我指向電梯門外頭的地下停車場。

「好像已經過了。」

在我有意提醒他已經改名為宋宥翰的明新的要求後，果不其然，他大吃一驚，趕緊衝出電梯，同時不忘大聲拜託我。

「請你在那裡等我一下！先不要離開，等我一下就好！」

他踏著搖搖晃晃的步伐，一副隨時會把飲料弄掉的樣子，就這麼消失在停車場中。我本想直接按下電梯的關門鍵上樓，我並不好奇男人要我等他的原因，畢竟睽違幾年才見到的、已經成為藝人且認不得我的明新，也沒有令我多麼驚訝。

我一心只想趕快回到物流中心，把晚班的分流工作處理完。就在這時，與電梯有段距離的緊急逃生門被推開了，從那裡走出來的人，是讓我沒有直接離開的主要原因。第二次遇見的明新正和一個三十歲出頭、西裝筆挺的男人一邊聊天，一邊走向停車場。

他們前進的方向，和跑掉的飲料大叔恰好相反。有趣的是，明新邁開腳步前，曾往大叔消失的方向瞥了一眼。雖然柱子和車輛可能影響視線，但他站的位置一定看得見大叔認真奔跑的身影，可他卻直接轉身，還噗嗤笑了一下。

他嘲諷的笑容，讓我不自覺挪動腳步走出電梯。我有點好奇——真的只有一點點好奇，我想確認已經變成另一個人的他究竟會展現出什麼模樣。可能是這幾年沒有關注過任何事情的麻木心緒，讓我對久別重逢的他產生了微小的疑惑，而這份疑惑，驅使著我的身體動了起來。

不，其實我大可置之不理，直接上樓離開。要是我那麼做，就會回歸送宅配的日常，繼續過著平凡的生活。當時的我並不曉得，好奇心帶來的微小後果，竟會徹底改變我的人生。

嘰——

推車輪胎發出的嘎吱聲，在地下室聽來格外響亮。我把推車擺在電梯旁，靜悄悄朝明新消失的方向前進。他和身穿西裝的男人一齊隱身在地下停車場盡頭的巨大柱子後面，而我緩慢無聲地跟著他們。

真的只是好奇而已，我本身並沒有抱持任何期待。如果硬要找個理由，就是稍早看到的他的笑容讓我有些驚訝，所以想再次確認。那小子真的是明新嗎？答案顯而易見。或許我過去認識的他只是我一廂情願的幻影，正因為沒發現他的本性，五年前才會遭受背叛。

「對了，你打聽到了沒？」

勉強能聽懂內容的聲音自前方傳來。我停下腳步，躲在高高的廂型車後面。繼明新的聲音後，身穿西裝的人接著開口，聲音略顯為難。

「我也不清楚詳情，只有稍微問過尹理事的祕書朴室長而已。他說那是尹理事的私事，完全不肯透露。」

「可是尹理事一回到韓國就開始找人了啊！」

「嗯，是這樣沒錯……」

「所以他找的是誰？我如果要在今年開拍的那部電視劇飾演主角，一定要想辦法跟尹理事搞好關係。等我大紅大紫後，一定不會虧待你的。你也知道吧？我這個人說到做到。」

西裝男沒有回答，但似乎聽懂了他的暗示。

「好像是他五年前見到的人。我瞄到朴室長留下的便條紙，名字叫……」

「名字叫？」

「……」

「名字叫什麼？」

「歐讚啦。」

場面突然陷入一陣沉默。

那一刻，我也忍不住懷疑自己的耳朵。那真的是人名嗎？幫小孩取那種名字的父母，一定非常開朗天真吧。

就在我不經意這麼想的時候，只聽明新傻眼地說道。

「歐……讚啦[5]？」

「嗯，朴室長好像因為找不到人覺得很煩燥，一直歐讚啦歐讚啦罵個不停。而且那個人還有個綽號。」

「什麼綽號？」

「兔子。」

「……」

「看來那個人雖然叫歐讚啦，但長相很可愛。」

「尹理事喜歡可愛的類型嗎？」

聽見明新的喃喃自語，對方馬上反駁。

「也可能不是。」

「不過，聽說他只有在五年前見過那個人一次，會不會是一見鍾情？」

「我本來也是這樣想的，但他是尹理事耶！」

「……」

「他是尹理事」一句話，彷彿囊括了所有理由，讓明新不由得用沉默表示贊

5 原文KTV的店名「지화자」是助興加油的虛詞，類似「歐耶」或「讚啦」的意思。而「지（Chi）」本身是韓國人常用的姓氏之一。

同。

「為了報五年前的仇而找人，比較像他的作風。」

「這倒是。」

「而且我聽祕書室的人說，尹理事指派這件事時，臉上帶著笑容，甚至露出了酒窩。」

「……是仇人啊。」

既然笑著提起，甚至露出酒窩，那會是仇人嗎？他們的對話簡直超出常人的理解範圍，我都要懷疑是不是自己聽錯了，只能一頭霧水地繼續側耳傾聽。

「但很難說，你再幫我打聽一下吧。誰知道呢？尹理事真的在尋找初戀情人這種可能性……絕對不存在吧。」

「他一定是在尋仇。我盡量調查看看，有消息再跟你說。你晚上會再過來一趟吧？對了，你不是快遲到了嗎？」

他語氣倉促地詢問，明新卻從容回答。

「喔，是遲到了。想辭退經紀人的話，就必須遲到才行呢。」

「經紀人？那個搞垮自己的經紀公司、跳槽進來的崔社長？」

「什麼社長啊。」

明新嗤之以鼻。只聽對方用帶著笑意的聲音問道。

「他好歹是你前經紀公司的社長，對他好一點吧。」

「就是因為這樣我才會一直帶著他。而且我待在他旗下的時候，吃了多少苦啊！那傢伙連個像樣的金主都找不到，每天只會講一些廢話，說我的演技進步後就可以從試鏡中脫穎而出。那些拿到角色的人，難道靠的全是自己的演技嗎？總之，我早就知道那個白痴會落得這種下場了。」

他非常自然地流露出對另一個人的不屑和鄙夷，甚至能讓人看出他應該十分習慣說出那種話。飲料大叔抱著冰涼飲料努力奔波的舉動，看來全是徒勞無功。我頓時不想再繼續聽下去了。那兩人的對話只讓我感到煩躁，甚至產生了「我剛才到底想確認什麼」的可笑念頭。

正當我打算直接轉身離開，回歸日常，兩人接下來的對話，卻將我狠狠釘在原地。

只聽西裝男向明新問道。

「如果太晚出發，經紀人就得飆速開車，你不怕嗎？」

明新的回答彷彿炫耀般，帶著一股虛張聲勢的味道。

「怕？我以前還差點被刀捅死，怕什麼？」

……被刀捅死？

五年前的殘酷記憶瞬間淹沒腦海，讓我不自覺收回邁開的腳步。

「真的假的？」

緊接在西裝男訝異的聲音之後，明新的回答顯得十分微妙。

「嗯，大概五年前吧，晚點再跟你說，我現在真的該走了。」

話音剛落，腳步聲倏然從耳邊傳來，我連忙躲到廂型車後面。

喀噠、喀噠、喀噠。

皮鞋敲擊地面的聲響在地下停車場迴盪，不知為何，我的心情變得有點糟糕。其實明新說的那些話可能根本沒什麼，說不定他只是在講其他經歷。即使理性上知道，越發不爽的心情也依舊如濃霧般，灰濛濛地籠罩了我的內心。

不久後，我從藏身的廂型車後面走出來，回到電梯前面。我隱約聽見某處傳來不耐煩的斥責聲。接著，有人急急忙忙地跑向我。衣服就像他剛才抱著的飲料一樣被汗水浸得濕透，大叔喘著氣，慌忙地朝我遞出名片。

「對不起，我現在著急離開，這是我的名片，你有空的話，一定要……」

「今晚可以。」

可能是對於一口答應見面的我感到意外吧，即使時間緊迫，他仍愣愣地眨了眨眼睛。

「喔，那我當然……」

「我過來這裡吧，約在凌晨也可以。請問你幾點下班？」

他口中再次反問「真的嗎」，又因某處傳來的大喊而臉色大變。隨後他轉過身，匆忙說出一個時間，就從他跑來的方向折返回去了。我把濕漉漉的名片塞進口袋，等待電梯到來。或許臉色漲紅、汗如雨下的他，腦中只想著孩子的補習費；而我的腦海裡，現在也只想著一件事——確認看看吧，那令人感覺不對勁，甚至不爽的某件事。

我忙完夜間的物流工作，再次回到夢想娛樂時，已臨近約定的十二點五十分了。我仍戴著帽子，身穿因從清晨就開始奔忙，散發汗臭味的舊衣服，就這麼踏入金碧輝煌的大廳。幸好飲料大叔有事先用電話告知，警衛看到我遞出的名片，給了我一張通行證就放我進去了。

「他請你在三一二號會議室稍等。」

我向語氣不耐的警衛點點頭，接著走進電梯，按下按鈕。五樓的按鈕亮起後，密閉的鐵箱便嗡嗡地開始移動。我是在前往五樓送貨時遇見明新的，所以他回來後再次前往那裡的機率也很高。

也許是入夜的緣故，五樓沒有人在，我隨意地閒逛也不會遭到制止。我緩步向前，一一查看各個房間。鞋底已經磨平的老舊運動鞋，踩踏在地面上沒有發出任何聲響。走廊燈火通明，依舊可以從門縫透出的些微亮光得知哪些房間裡面有人。

我在某處停下腳步。好像聽見裡面有談話聲，但聲音不甚清晰。我把事先準備好的口香糖放入口中，轉身沿著走廊原路折返。沒過多久，我就在電梯附近發現了走廊的開關。

啪噠。

伴隨著開關彈跳的小小聲響，走廊瞬間陷入一片漆黑。我站在原地不動，等眼睛適應黑暗後，才再次移動到方才洩漏光亮的房間門口。接著，我把咬到一半的口香糖藏在左手，用右手敲了敲門。

叩叩。

感受到裡面的說話聲停了下來，於是我輕輕轉動門把。刺眼明亮的光芒灑落，穿著西裝的男人好像什麼祕密談話被撞破似的，嚇得從椅子上彈起。

「有什麼事嗎？」

西裝男皺著眉頭詢問。明新與男人的目光瞥向我，但我將帽簷壓得極低，他們看不清我的長相。

「對不起，我好像走錯房間了。」

我禮貌地低頭道歉後，立刻把門關上。當然，我沒忘記在關門前，偷偷把口香糖黏在門框上。如果用口香糖塞住門扣彈出的位置，本來被關上的門就會自動滑開。

只要打開一道細縫就夠了。我貼著牆壁，在光芒從門縫透出的同時，豎起耳朵聆聽裡頭傳出的聲音。西裝男與明新的話題，主要圍繞在今年要開拍的某部電視劇上。

那似乎是一部巨作，明新堅信只要自己飾演主角，就能夠躋身頂級明星的行列。聽他們的說法，電視劇已經進入籌備階段，目前只確定了導演人選，還沒有招募投資人。但兩人相信所有人都會樂意投資那部作品。他們一直聊著電視劇相關的沉悶話題，又說了一些擔當主角的演員的壞話，對話才轉成稍早聊過的、名叫尹理事的人。

「對了，你打聽到了嗎？尹理事的事。」

「喔，歐讚啦。」

西裝男點點頭，說出名字後，明新又忍不住嗤笑出聲。

「這名字真的很搞笑，會不會就是這個名字讓尹理事一直對他念念不忘，想要找到他？」

「不是啦，我跟朴室長套過話，聽說那個叫歐讚啦的人……」

他越說越小聲，好像正準備說出什麼天大的祕密。

「五年前跟尹理事搞了一夜情，結果掏完錢人就跑了。」

「我的天，他拿著尹理事的錢跑了？」

「不，是他自己掏錢。」

「……什麼？」

明新似懂非懂，結結巴巴地追問。

「什、什麼意思？他把錢放著，人就跑了？」

「對。」

比起他們先前的沉悶對話，這個話題還算有趣，讓我不自覺又朝門縫靠近一步。尹理事是那個笑容可怕、正在尋仇的人吧？但結仇的原因，居然是對方留下錢就離開了？

「說是跟他上床的報酬，只留下錢，人就離開了。而且……」

後來他說了某個金額，但音量小得彷彿竊竊私語，我根本聽不見。不過，如果換作是我，就算金額是兩百元[6]，也不會因此記恨對方。有拿到錢就該知足了，怎麼會有那種神經病啊？正當我心想世界上需要改過遷善的人還真多時，他們忽然話鋒一轉。

「要是那個人被逮到，一定會被尹理事弄得粉身碎骨。」

「嗯，沒錯。對了，你不是說你差點被刀捅死？」

他們終於聊到我等待許久的話題。本來靠在牆上的我不由自主站直了身體。像剛才一樣虛張聲勢的聲音，再次從明新口中傳出。

「嗯，大概五年前吧，有個人忽然拿刀殺到我家。我沒跟你說過嗎？當時我跟一個豬狗不如的小混混住在一起。」

「好像有聽說。」

聽見男人的附和，明新噗嗤一笑。

「總之呢，有個男人殺氣騰騰地拿刀抵著我，問我認不認識那個混帳。如果我敢說認識，他就會立刻殺了我。」

「看來他真的是小混混耶，居然還有那種人找上門。」

6 約新臺幣五元。

「別說了，他跟我身高沒差多少，卻十分心狠手辣。他能打贏比自己高的人，還會把對方按在地上往死裡打，用那種爛個性到處為非作歹。跟他同居的時候，我都敢怒不敢言。」

「那為什麼要跟他同居？」

「因為默默迎合他，就可以拿到一堆錢。只要我擠出眼淚演一下，那個白痴就會上當，把錢掏出來。」

雖然他們談論的是我，我卻只覺得無聊，就跟他們在聊今年準備開拍的電視劇時一樣。

幸好，明新再次把話題焦點轉到了我感興趣的方向。

「總之，聽到男人為了那傢伙要殺我，我整個人都嚇壞了。一看就知道他想抓我當人質，我簡直眼前一黑。」

「後來呢？」

聽著故事的西裝男顯得興致勃勃，用充滿好奇的聲音跟明新一唱一和。

「走運的是，那傢伙的弟弟正好在外面遊蕩。他弟弟早上已經來過了，不知道怎麼回事，傍晚又站在那裡。於是我就靈機一動，跟男人說我不是那傢伙的家人，就算殺了我他也不痛不癢，要殺就殺他弟。」

「你真的叫那個人去殺他的弟弟？」

「不然能怎麼辦？在那種情況下，我總要先自保吧？因為他反覆追問是不是真的，我還在家裡翻箱倒櫃，找出那傢伙跟他弟的合照給他看。後來，他終於收起刀子離開。我當時真的以為自己死定了。」

「那他弟後來怎麼樣了？」

「不知道，管他是死是活，誰叫那個小混混自己做錯事。」

「哎喲，你怎麼不報警？」

明新嘴裡發出咯咯咯的笑聲。

「哈，這個嘛……」

他的笑聲清晰地透過門縫傳來，彷彿在耳邊嘲笑著我。從他口中吐出的字句，迅速將我的思緒淹沒。

「我當時正拿著他的錢準備落跑，怎麼可能報警？哈哈哈——」

改過遷善，這句話說得真好。

或許我就是典型的例子，至少我已經拋開小混混的身分，過得跟正常人一樣了。可是我真的改變了嗎？是啊，懷有罪惡感、不敢忘卻自己罪人身分的我，或許已經改變了。但此刻占據腦海的、某人的笑聲卻告訴我，我根本沒變。改過遷善已經結束了，就在憤怒徹底吞噬笑聲的那一刻。

我腳步不停，邁向原先不在計畫中的三樓。一開始，我的確不打算去見飲料大叔，畢竟所謂的明星藝人跟我的人生簡直南轅北轍。只是，現在情況已經不同了。

嘎吱。

推開門走進房間，本來坐在椅子上和年輕男人交談的飲料大叔猛然站起。

「喔！你終於來了！聽樓下的警衛說你到了，結果我過來後發現沒有人在，還擔心你已經回去了。你剛才去了哪裡？」

我看向牆上的時鐘，已經超過約定時間三十分鐘。

「我待在五樓。」

「五樓？你去那裡幹嘛？啊，你聽錯號碼了？哎呀，你在那裡等的時候，一定跟我一樣咒罵著對方為什麼還沒出現吧。哈哈哈——」

「你有咒罵我嗎？」

「……」

「……」

「咳咳，晚上好像變涼了。」

胡言亂語結束話題的他，示意還站在門口的我坐到椅子上。接著，他指向用閃閃發亮的眼神望著我、一個二十歲出頭的年輕男人。

「打聲招呼吧，這是我負責帶的孩子。」

我坐下來轉頭看他，見狀他急忙開口。

「你好，哇，很高興認識你！我是待在崔社長……不對，現在只是經紀人，總之，我是未來跟你待在同一位經紀人底下的伙伴。其實崔社長負責的藝人，除了我之外還有另一個人，但那只是臨時的……而且那個人很糟糕……嗯，總之，很高興認識你！」

他的嗓門不小，在用響徹整間會議室的音量自我介紹後，頻頻點頭。介紹中間提到的「社長」這個稱謂，似乎讓飲料大叔苦笑了一下，但他很快就跟年輕男人一樣露出傻笑。

「還沒確定，你不要那麼誇張。」

他嘴上那麼說，手中卻已經拿著一張紙，上頭用大字寫著「臨時合約」。

「你願意來到這裡，表示你還是有興趣吧？應該先跟你詳細介紹工作內容才對，但是呢，我想再確認一次，你真的想從事這一行嗎？」

「對。」

「那你的帽子……咳咳，可以請你拿下帽子嗎？」

大概是想起在電梯裡被我果斷拒絕的事，他小心翼翼地提出請求。我在兩股令人倍感壓力的目光下，摘下戴了一整天的棒球帽。我的髮型大概已經被帽子壓扁，看起來應該很搞笑吧。但他們沒有笑，反而認真打量著我的長相。就在我開始感到無聊時，年輕男人終於輕聲開口。

「社長，跟你說的一樣耶。」

「對吧？」

我不知道所謂的「一樣」究竟是怎麼回事，只見飲料大叔緊盯著我，頻頻點頭。

「的確沒有帥到引人注目。」

「……」

「不過，眼神真的很棒。」

我凝視著他，他也繼續打量著我，開口解釋。

「演員不是長相好看就可以了，演技也要到位才行，但在那之前，該怎麼說呢……」

他歪著頭，似乎在挑選正確的措辭。

「該說是人格魅力嗎？在這一行待久了就會知道，一定要有吸引眾人目光的特色才能成功。尤其是眼神……所以說，那些成功的明星都跟你一樣，擁有自己的特色。」

「……」

「這當然是讚美的意思，而且我仔細觀察之後，更想留住你了。」

雖然他急忙補充那是稱讚，但我其實對自己的眼神根本不感興趣。這份工作會怎麼樣或有什麼發展，我並不在乎。不過，這兩個人似乎對我極度感興趣，只見他們莫名開心地拿起桌上的拍立得，飲料大叔率先朝我開口。

「不過，本人跟螢幕裡的樣子可能還是有差。你聽過人家說的『上鏡』吧？我想多加了解這部分，所以會幫你拍個照喔。」

我無所謂地點了點頭，他一邊拿起拍立得對著我，一邊喃喃自語。

「是說，你額頭有一道疤耶。想當演員的話，臉蛋等同於生命，如果你真的想從事這一行，從現在開始，絕對不可以傷到臉。」

他繼續碎念，順手按下快門。沒過多久，一張小小的照片便隨著嗡嗡聲從機器中吐出。只是機器還沒印完，急性子的飲料大叔就一把將照片抽出。他看向照片的那一刻，表情忽然一僵。

「嚇！」

「怎麼了，社長？」

年輕男人驚訝地詢問，只見飲料大叔表情尷尬地遞出相片。

「整張照片都是黑的。」

「咦？是底片放太久了嗎？」

「不會吧……喔喔！照片開始出現了！」

「喔？真的耶。啊，對啦，社長，剛印出來的拍立得本來就是黑的，要等一段時間照片才會出現嘛，哈哈——」

「對對對，沒錯，我們好笨，哈哈——」

這兩個笨蛋到底在幹嘛？我看著他們，心中不禁懷疑，這難道是詐騙嗎？這種笨蛋居然是大型經紀公司的經紀人跟演員？或者這只是為了緩和氣氛，故意演出的橋段？在我暗自揣測的同時，他們兩個也開始對我品頭論足。

「喔——本來長相凶狠，在照片裡看起來比較柔和耶。」

「就是說啊，本人看起來有點跩吧？哈哈——」

「對，因為表情僵硬，那是難免的。哈哈——嘿，你自己看一下……」

「……」

「……你生氣了？」

「對。」

我坦率的回答，讓兩人瞬間收起笑容，暫時恢復成正常人。只是正經沒過多久，他們又拿起手機錄影，說要看我在影片中的樣子，然後再次像笨蛋一樣胡言亂語。如果他們是拿試鏡當幌子，到處招搖撞騙的詐騙二人組，那我大可修理他們一頓，再跟他們一起被關進監獄。正當我猶豫著要不要起身離開時，他們終於得出了我適合出現在鏡頭中的結論，好不容易將對話拉回正題。此時，我終於有機會提出自己的疑問。

「你的表現比想像中更好呢！乍看之下長相平凡，但越看越有魅力。雖然以貌取人不好，但外表還是很重要的，而且你面對鏡頭也不會尷尬或恐懼。好，你有沒有想知道什麼？」

有，就只有一件事。

「我有作為商品的價值嗎？」

飲料大叔似乎對於我的用字遣詞感到意外，表情僵了一下，片刻後才點了點頭。

「有，所以才會像這樣跟你見面聊聊嘛。但你用商品價值來形容……」

「你覺得我可以爬得多高？」

我面無表情地詢問，只見他狀似為難地開口。

「嗯……這個嘛，如果你想馬上就成為大明星……」

「我不是那個意思，我只是單純好奇。」

他表情充滿狐疑，還是很快地聳了聳肩，用誠懇的眼神望向我。他又盯著我看了一陣子，才再次開口。

「如果我的第六感沒錯，你絕對可以登上巔峰。」

「想那麼做的話，需要什麼？」

聽見我果斷的提問，大叔和年輕男人先是面面相覷，才轉過頭來看我。

「那個，你問得太早了，我們還沒跟你簽約，而且你也是第一次從事這一行的工作……是第一次對吧？」

我點點頭。

「既然是第一次，要學習的東西還很多。培養實力，奠定基礎，跑龍套、打醬油累積各式各樣的經驗，差不多幾年之後，就可以晉升配角，再漸漸往主角……」

「請告訴我其他更快的方法。」

兩人再次交換了一個驚慌的眼神。大叔可能認為自己看錯人了，面色凝重地開口。

「不好意思，如果你從事這一行只是為了收穫金錢與名氣……」

「我不需要金錢，也不需要名氣，不過，我想要抄捷徑。」

「不需要金錢和名氣，又想抄捷徑？你想成為演員的動機究竟是什麼？」

我沒有回答，只是看向年輕男人。面對突如其來的目光，他的大眼睛眨了好幾下。

「崔經紀人臨時負責的糟糕藝人，是宋宥翰嗎？」

他瞄了大叔一眼，回答道。

「嗯……對。」

「他為什麼很糟糕？」

「……」

見他不敢回答，我便說出了自己的猜測。

「因為宋宥翰本來是崔經紀人公司旗下的演員，結果卻背叛了他嗎？」

年輕男人雙目圓睜，像是要撐破眼皮一般。

「你、你怎麼知道？宥翰哥一拿到簽約金，就跳槽到其他經紀公司⋯⋯」

「別說了。」

大叔打斷了年輕男人的話，轉頭看向我。

「我問你，你知道關於宥翰的哪些事情？」

我凝視著他，用另一個問題反問。

「第一次看見宋宥翰的時候，你也認為他會登上巔峰嗎？」

「⋯⋯什麼？」

「那種感覺，有跟看到我一樣強烈嗎？」

大叔收起和藹的表情，對我露出戒備的神色。還以為我提出的問題會引起他的共鳴，結果他只是嘆了口氣。

「不，沒有像你那麼強烈。」

「那就是有勝算囉。」

「什麼勝算？」

我沒有理會他的問題，而是回答了他稍早的疑問。

「我不認識宋宥翰。」

「那你怎麼會⋯⋯」

「但我認識宋明新。」

他的表情瞬間僵硬。看來，他知道那是宋宥翰的本名。旁邊的年輕男人一臉困惑，目光在我們之間來回逡巡，但現場凝重的氣氛讓他選擇保持沉默。

「所以你是故意遇見我的嗎？為了已經改名成宥翰的明新？」

我一時猶豫了，因為大叔的聲音蘊含著憤怒。我和他沒有過多交流，但我大概知道他是什麼樣的人。他應該是只會傻傻埋頭苦幹、完成自己分內工作的老實人吧，想當然對工作的信念也十分堅定。

如果真是這樣，那他對我來說絕對是最難應付的對象。畢竟在我說出自己的真實意圖後，他可能會直接叫我走人。好吧，就算不靠他，我應該也有辦法進入演藝圈吧？又或者，我也可以先說謊化解眼下尷尬的情況，之後再欺騙他進而完成復仇。

腦中閃過幾種選擇，我忽然看見他放在桌上的手。左手無名指有條白色的痕跡圈住他的手指。我的視線繼續往下，磨損的衣袖在手腕的襯托下顯得格外清晰。

失去了婚戒的手指與老舊的衣服。

「經紀人先生，對你來說，什麼是最重要的？」

他抬頭看我，滿臉疑惑，而我繼續說道。

「是工作最重要嗎？為了讓自己栽培的演員登上巔峰？」

「為什麼突然問這個？」

「我只是想知道而已。如果你回答『是』的話，我會毫不猶豫轉身離開。」

他似乎沒聽懂我的意思，眨了眨眼睛。

「對我來說，工作當然重要……」

「不是家人嗎？」

「……」

「你不是為了送孩子們去補習，才在明新的欺辱下苦苦支撐？」

「你到底想說什麼？」

「現在的你，應該為家人而活。我不清楚以前的情況，但既然你連婚戒都變賣了，難道不應該把家人擺在第一位嗎？」

我看向他空蕩蕩的左手，繼續淡淡地說道。

「被自己信任的演員欺騙，經紀公司也被迫關閉，那你應該十分清楚吧？世界是不公平的，不可能如夢境般美好。正因如此，要爭取自己想要的東西，就只能適應這不公平的世界。所以，請你利用我吧。即使我和你的信念相左，但如果你認為我有作為商品的價值，就接受我的要求吧。」

「……」

「除非你不打算復仇，然後回到從前的生活。」

「……我沒有想復仇。」

「可是，我有。」

我終於向他透露出自己的真實意圖。

「我打算復仇。」

自從大叔說會考慮看看並奪門而出後，會議室裡就只剩一陣沉默。我沒有感到多不自在，只是低頭盯著桌上的拍立得看了一會兒，那張面無表情凝望鏡頭的臉，對這五年不怎麼照鏡子的我來說顯得有些陌生。或許那張照片會成為一個起點，讓面對鏡頭這件事成為我的工作，但我仍感覺非常不真實。

「你本來就認識宥翰哥嗎？」

我抬起頭，看見年輕男人臉色凝重。他大概二十一、二十二歲吧？他的長相與其說帥氣，倒不如說給人一種可愛的感覺。我沒有回答，只是直盯著他，讓他一時有些慌張。

「啊，不能問嗎？」

「不，這是你的自由，不過，我回不回答是另一回事，畢竟我還不信任你。」

「你可以相信我。」他接著承諾：「我絕對不會說出去的，因為我也討厭宥翰哥。崔社長對他那麼好……」

他眉頭深鎖地低下頭，似乎在回想過去的事。

「宥翰哥之前在我們經紀公司，算是發展不錯的演員。雖然公司旗下的演員沒幾個，也沒有培養出當紅明星，但大家就像一家人一樣，除了他以外。我們還在同一間經紀公司時，他的個性非常自我，我們跟他不是很熟。但我沒想到，他居然會在合約期滿時背叛我們。其實在這一行，絕對不會有人像崔社長一樣，完全尊重演員的想法，或演員想做什麼都給予支持，並且會一直等待演員成功，不輕言放棄。可是，宥翰哥卻在社長捧紅他後，就立刻……」

原本鬱悶地喃喃自語的他，再次抬起頭來。

「他說會續約，想要先拿到簽約金，於是社長辛辛苦苦湊了一大筆錢給他，才發現他已經跟其他公司簽約了。唉，一想到當時的事……」

「為什麼沒有把錢拿回來？」

我問完，就聽他深深嘆了口氣。

「社長當然想把錢拿回來啊，甚至還對他提起告訴。但宥翰哥自稱在我們經紀公司工作期間，沒有領到相應的薪水，說我們是誣告，導致官司打了很久。但他根本是在亂講。我的天，他一天到晚說缺錢，跟社長預支現金，拿完錢卻不認帳，還跟媒體亂爆料，汙衊我們社長，把他說得跟惡魔一樣，營造出自己是受害者的假象。雖然我們也有採取應對措施，但眾口鑠金，報導一多，人們就以為那是真相了。更氣人的是，光是一審判決出爐，就等了一年左右，他的律師非常執著，緊咬著社長不放……最後的判決結果，只要求他繳回那筆錢的五分之一。就算拿回那筆錢，也不足以支付那段期間付出的律師費。而且因為他們提出上訴，導致社長連那筆錢也拿不回來。」

他激動地說完一長串，眼神再次盛滿憂鬱。

「那件事對經紀公司造成了嚴重打擊，畢竟賠掉了一大筆錢，還需要持續支付律師費，投資人也因小有名氣的藝人離開，想撤回投資。最後，社長因為沒錢，放棄繼續打官司。公司的情況每況愈下，剩下的人也陸續離開了。花了好長時間才慢慢培養起來的公司，一夕之間就垮掉了。」

「可是你沒有離開。」

我指出這點後，他回了句「喔，那個啊」，靦腆地搔了搔頭。

「我欠社長很多人情，我從高中就為了演戲忙進忙出，社長真的很照顧我，加上其他公司也不收我……那個，嗯，我有鏡頭恐懼症，哈哈——很可笑吧？」

「是。」

「……」

「……」

「咳咳，但我們社長心地非常善良。你看，因為只有這間公司願意收留他，他就帶著我一起加入，擔任宥翰哥的經紀人。社長嘴上說沒關係，但我知道他私底下會偷偷流淚。我提議向宥翰哥復仇，社長卻不答應，他說如果復仇了，會變得跟對方一樣骯髒。其實我希望社長辭掉這份工作，雖說只有這裡願意收留他，可是他真的過得非常辛苦。公司跟他談好的薪資條件是根據藝人收入抽成，而我目前的收入幾乎為零……」

我沒有告訴他，宋宥翰帶來的收入也快沒了。不需要我刻意提起，他大概明天就會得知經紀人被換掉的事情。我看著仍然緊閉的門，好奇地問了一件事。

「宋宥翰背後有金主嗎？」

沒有得到答覆，我轉頭一看，發現他正緊咬雙唇，一臉為難。我看著他難以啟齒的表情，隨口問道。

「金主是男人嗎？」

「啊！你、你怎麼知道？」

「我不太了解這個圈子，想問一下，有金主是很稀奇的事嗎？」

「……不，很常見。」

那宋宥翰人氣這麼高，表示他的金主既有權又有勢囉？正當我這樣猜測時，對面傳來傾訴祕密般細小的聲音。

「在這裡，光靠演技是很難成功的，尤其是影視圈。畢竟知名度會隨著亮相次數提升，大家都拚命爭取上電視的機會。也因為這樣，沒錢的人根本撐不了多久。上一、兩次電視當然沒問題，但誰會因此注意到你呢？想持續在電視上曝光，終究需要砸錢……如果不是家境本來就好，就需要金主。所以說……」

他欲言又止，正眼看向我。

「如果你想攀附金主，藉此迅速竄紅的話，還是去找其他經紀人比較好。崔社長本身不喜歡用應酬或賄賂金主的方式，換取演員上節目的機會。他不會採用那種做法……」

「我不期待他有那種能力。」

「那不是你需要的嗎？」

的確需要。我確認著腦中隱約浮現的計畫，點了點頭。

「那部分我會自己看著辦。」

他一臉「你怎麼自己看著辦」的表情，但我視而不見，拋出了下一個問題。

「撇開這點，崔社長栽培演員的能力怎麼樣？」

「是最棒的。」

他果斷回答之後，露出了微笑。

「我跟你說，因為你一直面無表情，講話也一板一眼的，我一開始還不以為然。但跟你聊越多，不知為何，就越被你吸引，你知道自己是這種類型的人嗎？」接著，他又輕聲開口：「崔社長看人的眼光也是最準的。」

說完，他便收起了自豪的微笑。

「我都說這麼多了，你能相信我了嗎？可以告訴我，你跟宥翰哥本來認識嗎？」

我點了點頭。

「什麼時候？」

「很久以前。」

含糊的答案讓他露出願聞其詳的神情，但我無視了他的好奇。我們很快就進入了下一個問題。

「你要復仇的對象是宥翰哥吧？他哪裡得罪你了？他也搶了你的錢嗎？」

錢啊……的確也被搶了。我完全沒想到那個部分，突然覺得有些好笑。我似乎不自覺地笑了出來，讓他驚訝地睜大眼睛。

「哇，你笑起來給人的感覺……」

「差不多。」

「什麼？喔，被搶錢的事啊。如果是會讓你想復仇的程度，一定被搶了很多錢吧。」

「還好。」

「……」

「……」

「呃，既然沒有很多錢，為什麼要堅持復仇……」

我聽他喃喃自語，說社長被坑了幾億元。是啊，我被搶走的只有幾千萬，實際上殺死我弟的人也不是他。就像明新說的，原因終究出在我自己身上。

——不知道，管他是死是活，誰叫那個小混混自己做錯事。

對，是我的錯。明新只錯在他想活下去。所以，該復仇的對象只有我自己。因為我也是同樣骯髒的傢伙。失敗的人生讓我體會到，因果報應並不是靜靜等候

就會自己發生，唯有主動出擊，報應才會降臨在對方身上。傻傻等待懲罰降臨，就和期待對方遭天譴沒什麼兩樣。

喀啦啦。

我把椅子往後挪，從座位上站起身，請他在飲料大叔回來後跟我聯絡。接著，在轉身離開前，我告訴了他我復仇的理由。

「我從昨天開始有空了。」

大樓頂樓的天臺，布置得像一座空中花園。周圍鬱鬱蔥蔥的樹木比人還高，幾張長凳錯落地擺放其中。現在已是凌晨一點三十分，這個休憩空間空無一人。在這個適合呼呼大睡的時段，睡意理應淹沒大腦，但我的精神卻意外地好。

我倚在高度及胸的圍牆邊，俯視宛如香菸赤紅火星散落的城市。儘管已經下定決心復仇，仍有件事一直在心中猶疑。那是個非常可笑的念頭——要是我被復仇沖昏頭腦，忘了自己的罪孽該怎麼辦？

前幾年，還錢這件事就像一張告示牌，讓我知道自己正在為犯下的罪行付出代價。現在，這個明確的指標消失了，而我居然還要去追究別人的罪狀。一股莫名的不安攫住了我的心臟。我不可以忘記，不可以忘記自己曾經犯下的錯誤，必須繼續為其贖罪。

一陣微風襲來，沉浸在思緒中的我忽然驚覺——自己本來是這種人嗎？

我忍不住在內心苦笑。在下定決心復仇的那一刻，還以為當年的自己又回來了，看來這五年對我造成的影響甚鉅。此時我才幡然醒悟，指引自己贖罪之路的事物，早已深刻地烙印在心中。

記憶。殘酷且深刻的記憶。即使隨著時間流逝，五年前的記憶仍像昨日那般清晰。我完整地記得踏入空屋時的心情，記得那生活痕跡已成標本的、失去主人的房間。我突然想抽菸了。這五年來我一次也沒抽過，大概是菸癮隨著五年前的我一起復活了吧。

不過，也可能是不知從何處飄來的淡淡菸味勾起了我的癮。迎面而來的風夾雜著菸草的味道，看來凌晨時分的天臺似乎不只有我一個人在。我挪動腳步，往裡走去。在高大的樹下，有個人正叼著菸。雖然天臺陰暗，看不清他的長相，但突然發作的菸癮還是讓我忍不住朝他走去。

「可以分我一根嗎？」

向他攀談之後，他瞥了我一眼，一臉「有事嗎」的樣子，又把頭轉了回去。他無視我的態度，讓我認定這人絕對是個討人厭的傢伙，決定打消念頭離開。只是，再次乘風而來的菸味，又一次吹進了我的心坎。

「我不是想拿免費的，只要一根就好……」

啪。

一根抽到一半的菸落在腳邊。對方的意思很明確——抽完這根，就給我閉嘴。我低頭看向灼紅的菸頭，耳邊傳來那人轉身離去的腳步聲。我彎下腰，把掉到地上的菸叼進嘴裡。因為是別人抽過的菸，菸嘴濕答答的，感覺不太舒服，不過無所謂了。我吸了一口，煙霧沿著喉頭擴散到肺部。可能是太久沒抽了，我有點頭暈目眩，但我還是可以完成該做的事。

「請等一下。」

我開口叫住他，幸好他沒有走遠。在昏暗的燈光下，停下腳步的他臉上面無表情。我看著他，從口袋掏出硬幣。

喀、喀、喀啦啦啦——

我看著滾了一會兒才停下的兩百元硬幣，開口說道。

「不用找了。」

說完，我本想直接掉頭就走，可我沒能那麼做。只見他盯著地板上的硬幣，嘴角慢慢上揚，臉頰邊出現一對小酒窩。他笑的時候，眼睛會微微彎起，那一刻，一種似曾相識的感覺讓我不自覺停下動作，但帶著笑意的溫柔聲音卻打斷了我的思緒。

「你算錯了，白痴。」

柔和低沉的嗓音自前方傳來。雖然十分動聽，但我沒有被迷惑。

喀。

我把伸出一半的腳縮了回去。如果只看他彎起的眼睛、綻放微笑的臉，以及柔和的嗓音，眼前這個人其實長得還算不錯。但他脫口而出的話卻恰好相反。臉上帶著笑容，卻罵人罵得那麼順口？這種反差讓我猛然回過神，不由自主地瞪大雙眼。搞什麼啊，這傢伙是神經病嗎？

「你聾了嗎？」

催促我回答的聲音依舊溫柔。我瞪著他，與他臉上唯一沒有笑意的眼睛四目相交。是我以前打過不少架，也做過許多壞事的緣故嗎？多虧了那些經驗，我可以本能地分辨出比自己強大的人。除非一開始就屈服，不然跟那種人打交道，就只會累到自己而已。不過，問題不在對方，而是出在我身上，因為我顯然不會屈服。

「對，我算錯了，所以才要你把零錢拿走。」

他的眼睛彎得更厲害了，面對他的笑容，我沒有做出任何回應。

「零錢？喔，這個啊。」

他攤開手，亮出兩百元硬幣，繼續親切地說道。

「要是你給我兩億，剩下這些零錢才差不多。」

一根抽過的菸要價兩億？他是想靠著自己丟掉的菸頭斂財嗎？

「不要胡說八道。」

聽見我冷淡的回應，他慢條斯理地回答。

「告訴你一件關於我的事吧，我這個人從不開玩笑。」

那句話看似認真，語氣卻輕鬆得像在說笑。但與他輕鬆的語氣不同，冷漠逐漸在那雙不帶笑意的眼底蔓延。

「價格是賣方決定的，既然你跟我討菸，就應該想到會是這種價格。」

我稍微皺起眉頭，凝視著他。

「你是誰？」

可能是對我的提問感到意外，他的笑容倏然消失，沒過多久嘴角才再次回到原本的弧度。

「真煩人。你一定是聽說了什麼，才跟我在尋找的人用了差不多的手段。不過呢，像你這種人我已經遇過好幾次了。」

我眉頭深鎖，試圖理解他乍聽之下像在抱怨的話。差不多的手段？我這種人？我本想直接回嘴，叫他不要繼續胡說八道，又忽然想起第一次來到這裡的時候，在大樓外面等待某人、眼神充滿期待的那些女高中生。啊，對了，這裡是經紀公司，他是不是誤以為我跟那些女高中生一樣是粉絲？我再次盯著他的臉，看著看著，莫名覺得他有些面熟。但也只是面熟而已，我很確定我不認識他。

「你好像搞錯了，不管你是多大牌的演員，在我眼裡也不值兩百元。」

「……演員？」

「不然是歌手嗎？」

「……」

他收起笑容，用一副懶洋洋的目光凝視著我。什麼嘛，原來他是諧星？正當我感到驚訝時，只聽他用冷淡的語氣問道。

「你不是這裡旗下的藝人？」

「不是……目前還不是。」

「目前還不是啊……」

他咕噥著，朝我靠近一步。看著他朝我走來的身影，我不自覺握緊拳頭。只見停下腳步的他忽然咧嘴一笑。

「我更正一下，你這個人挺有趣的，給你打個折吧。不過，你得先通過面試，提升自己的價值，我才會給你百分之一的折扣。」

什麼面試？況且要我付錢給他本身就不合理。

「別開玩笑了。」

「我不是說過了嗎？我這個人從不開玩笑，這麼快就忘記的話，我會很難過的。」

嘴上說著難過，語氣卻彷彿在偷笑。不過，他的眼睛依舊沒有笑意。就算擁有出眾的外貌，在我眼裡他依然是全世界最不像人類的傢伙。我直視著他，開口說道。

「難過？你這個人不開玩笑，倒是很會說謊嘛。」

他凝視我的雙眼忽然變得冷若冰霜，那冷漠的視線簡直令我頭皮發麻。

「對，我很會，超級會。」

他再次綻放笑容，厚臉皮地贊同，接著用平靜的聲音繼續說道。

「你已經發現我兩個祕密了。」

不知為何，我感覺這傢伙散發出一股想砍下我腦袋的氣勢。這種微不足道的小事又不是存摺密碼，算哪門子祕密？我不甘示弱，直直回瞪著他。

頭。

「那又沒什麼，哪算祕密。」

「就是因為沒什麼，別人根本不會覺得是祕密，可是你……」

他緩緩邁出腳步，我留意著他的一舉一動，並再次因接下來聽到的話皺起眉頭。

「卻他媽的發現了。」

輕柔的語調，令人不敢相信那是脫口而出的髒話。我不想再應付這個神經病了。我把手上已經燒完的香菸丟到他面前。

「我要退貨，把錢還來。」

殊不知，他把硬幣放進口袋，又朝我靠近了一步。

「來搶啊，如果搶得到的話，我就退給你。」

他露出賊笑，繼續用略嫌無趣的聲音說道。

「雖然你看起來沒那種本事。」

顯而易見的挑釁，讓我不自覺高舉緊握的拳頭。與此同時，腦中忽然想起飲料大叔的叮囑。

——想當演員的話，臉蛋等同於生命，如果你真的想從事這一行，從現在開始，絕對不可以傷到臉。

我嘖了一聲，往後退了一步。我退讓的行為，似乎讓對方流露出失望的神色。

「你看起來不像膽小鬼啊……啊，難道你怕傷到臉？」

被他說中，略顯慌亂的我一時無法回答。緊接著，觀察力敏銳的他噗哧一笑，迅速朝我靠近。不對，先靠近的，是他的拳頭。

啪！

為了護住臉而空出的腹部被正面擊中。那瞬間，短暫的窒息感扼住了我的喉嚨，疼痛與被擊打的觸感從挨揍的部位朝全身擴散。我踉蹌後退幾步，拳頭又再次襲來，我咬緊牙關，努力用雙腳撐住搖搖欲墜的身體。

他的拳頭從我側著的頭旁邊揮過，帶出一陣「咻」的風聲。我迅速打掉他的手臂，並再次伸出另一隻手護住臉。神經病頑固地只朝我的臉揮拳，我的嘴唇已經破皮了。明明感覺只是輕輕掃到，熱辣的刺痛依然清晰地傳來，鮮血也從唇邊緩緩淌落。

我為了護住臉不斷閃躲的同時，差點被血腥味逼得抓狂。換作以前，我大概早就不顧後果，直接開揍了。但我好像變了，即使淒慘地挨著揍，仍沒有放棄保護自己的臉。拜此所賜，我落得遍體鱗傷、被他一腳踹倒在地的窘境。

砰。

身體撞上硬邦邦的水泥地面，在安靜的天臺發出一聲巨響。即使滾落在地，我的手依然沒有離開臉部。雖然防止臉部受傷的效果不錯，不過看見自己全身狼狽，內心還是掀起一陣煩躁。該死，怎麼有諧星那麼能打？我整個人頭暈目眩，努力想站起身，但不幸的是，被狠狠痛打一頓的我根本做不到。

「呃！」

我微微抬起頭又立刻作罷，發出短促的呻吟。不知何時靠近的他，正跨坐在我身上，一手按住我的脖子，從容地發表感想。

「你滿有一套的嘛？」

那小子的讚美反倒讓我的自尊心更加受挫。要是認真跟他打，結果會不一樣嗎？當這個念頭與煩躁感一同在我腦中興起時，某種詭異的觸感倏然自嘴角傳來。

我頓時一驚。

我驚訝地抬起頭，直視著他面無表情的臉。只見他正用沒有按住我脖子的另一隻手，摩擦著我紅腫的嘴唇。我抗拒地轉過頭，他嘴角勾起一抹微笑。緊接著，他的手指不偏不倚，朝著流血撕裂的傷口用力一按。

「呃！」

疼痛驟然襲來，我忍不住痛呼出聲，狠狠瞪了他一眼。哇，世界上怎麼會有這種傢伙？

「我很喜歡你的眼神。」

他聲音平淡，眼神冷漠地俯視著我。

「是誰把你挖來的？」

「……」

「你叫什麼名字？」

「……」

見我沒回答，他的笑容再次浮現。但在我眼裡，那根本不能稱作「笑容」。那小子一邊笑著，一邊收緊了掐住我脖子的手。呃，呼吸困難的我試圖用力掙扎，卻發現根本徒勞無功。他似乎想懲罰我的反抗，掐得更大力了。

嚇！

肺部幾近真空，氧氣幾乎消耗殆盡，我抓狂似的扭動身體。呃，該死。這小子低頭看著我，似乎覺得我掙扎的樣子很有趣。在那審視的眼神中，蘊含著他的傲慢，彷彿要讓我知道，誰的力量占了上風。

「你接近我有什麼目的？」

都到了這種境地，我實在沒辦法不回答他的問題。

「因為、香菸啊，靠……你是誰，呃、關我屁事。」

我用不舒服的喉嚨勉強擠出話語。倏忽之間，我發現他微微瞇起眼睛，又在不知不覺間恢復笑臉。

「原來你真的不認識我。」

「我……不看電視。」

他的眼睛彎得像一枚新月，而他的手又一次撫上了我的嘴唇。傷口被擠壓的疼痛依稀殘存，我不自覺縮了一下，但他的拇指已經觸碰到我的嘴角。這一次，他的手指只是輕輕覆上，緩慢描摹著我嘴唇的輪廓，不過，那反倒更令我毛骨悚然。

「把手拿開。」

我不耐煩地咕噥。他充耳不聞，自顧自開啟另一個話題。

「你不是當藝人的料，哪有想當藝人卻連電視都不看的？」

「……」

「但你居然為了成為藝人，死命地護住臉。」

本來在我嘴唇上游移的手指停了下來。面無表情的他，用不帶任何感情的眼神凝視著我。

「還有其他原因嗎？」

此刻讓我感到窒息的，並不是他掐著我脖子的手，而是從上方俯視著我的眼神。那彷彿將我的一切洞穿的銳利視線，令我起了一陣雞皮疙瘩。但我沒有迴避他的目光，忍不住開口嘲諷。

「反正不是因為你，不用你管。」

他緩緩上揚的嘴角旁，綻出一個小小的酒窩。那副模樣，讓我再次產生了一種莫名的熟悉感，彷彿曾在哪裡見過……

嗶哩哩哩——

突兀的聲響打破了凝重的氣氛。我還沒意識到聲音源自於我的手機，某人就搶先一步，迅速將其搶過。

嗶——

從我口袋拿出手機的他，在我的手碰不到的高度，按下了通話鍵。因為從事宅配工作，經常要接聽電話，我總是把音量調到最大。不過，抱著貨物在街頭巷尾奔波時總感覺很小的聲音，在半夜的天臺卻如擴音器般震耳欲聾。

『你在哪裡？崔社長，不對，經紀人回來了。他好像決定要一起工作了，雖然你成為演員的動機是復仇，讓他不太滿意……』

喀、砰咚——

我推開顧著聆聽通話內容而分心的他，手機順勢掉到地上，滾了幾圈。老舊手機掉到地上的撞擊力道將電話掛斷了，沒有再發出任何聲響。我急忙起身，一邊在內心咒罵，一邊撿起手機。

我不想再應付那小子了。雖然他鬼扯什麼欠債兩億，但我只要繞開他不就好了。問題在於，假如這小子再次擋住我的去路，我可能會拋棄保護臉蛋的天真想法，直接開揍。抱持著這種心態，我狠狠瞪向他。令我訝異的是，他不僅沒有阻攔，還騰出空間讓我通過，甚至開口為我加油。

「要順利通過面試喔，那樣才能拿到我的折扣。」

他又把香菸叼回嘴裡。喀嚓。赤紅火焰隨著打火機蓋子開啟的聲音竄起，瞬息之間照亮了他的臉。他大發慈悲似的親切語氣，令人一陣反感。他似乎發現了我不悅的視線，叼著菸開口。

「不要折扣的話，我也可以給你幫助。」

「什麼幫助？」

「復仇。你不就是為了那麼做，才想當藝人的嗎？」

明明可以直接轉移話題，說電話裡提到的事與我無關，但他的下一句話卻讓我遲疑了。

「我可以成為你的金主。」

我向他投去懷疑的眼神。他居然神色自若地說要成為我的金主？就像他早就知道我的性向一樣。不過，他不可能知道我可以跟男人上床的事情。我默默凝視著他，許久後才開口說道。

「是你的話，我不需要。」

「你沒有反駁，就表示男人也可以囉。」

「……」

「而且你說『是我的話不需要』……那你需要其他金主嗎？誰？」

在我無可奉告，準備直接轉身離開時，又聽見他慢悠悠的聲音。

「如果你告訴我，香菸的價錢就幫你折半。」

他的話再次絆住了我的腳步。但這次是毫無笑意的冷漠語氣。

「不然你就要一輩子做牛做馬，還清那筆錢。」

他剛才說過，不開玩笑是他的祕密嗎？的確，那殺氣騰騰的聲音，聽起來不像玩笑。這讓我感覺更荒謬了。我居然因為一筆根本無需償還的錢遭受威脅？剛才甚至被那傢伙狠狠揍了一頓。比起憤怒，我更感覺哭笑不得。

「你為什麼想知道？」

「沒為什麼。」

「……」

「別擔心，我會替你保密。」

他面無表情，用生硬的語氣向我承諾。雖說他是個想靠香菸發財的神經病，但我覺得他應該會說到做到。不過，這並不是我開口的主要原因，我就只是怕麻煩而已。要是不回答，他一定會繼續煩我、不放我走，所以我只能把自己鎖定的目標告訴他。

「這間公司的尹理事。」

感覺到他的眼神起了微妙的變化，但一想到飲料大叔還在樓下等我，我便毫不猶豫地邁開腳步。

真希望不要再見到這個人了。

飲料大叔一看見我，就發出淒厲的慘叫。

「嚇！你的臉是怎麼了?!」

「……某個神經病弄的。」

大叔聽見我小小聲的咕噥後，眼睛瞪得更大了。

「神經病？在這間公司？在這三更半夜？」

年輕男人也跟大叔一樣目瞪口呆，感覺他們兩人有一堆問題想問，有如實質的目光令我備感壓力，於是我主動轉移話題。

「你決定跟我簽約了嗎？」

「嗯？喔，不是簽訂正式合約，你當成是口頭契約就好。因為簽約的最終決定權在公司，要通過面試才能……不對，如果你真心要當演員，先聽完我說的話再做決定吧。」

說完之後，他便開始嚇唬我。

「在這個圈子，不夠狠的人絕對無法存活下來。如果你想要快速取得成功，就必須比別人更狠，並且做好經歷各種事情的覺悟。這個圈子是完完全全的適者生存，就算只是一個小配角，大家也會為了爭奪那個位置，做出你想像不到的骯髒事。即便費盡千辛萬苦，幸運地拿到角色，在開拍前一天臨時換人也是常有的事。要是你禁不起失敗與挫折，那還是不要輕易嘗試比較好。」

「我知道了。」

「不僅如此，大多數人都會被信任的人背叛，就算骯髒至極的事也……如果你想找金主，就得做好替七十歲老頭口交的覺悟。即便如此，你還是想當藝人嗎？」

「經紀人。」

聽到那樣的稱呼，他用充滿擔憂的眼神望向我。

「我不是那麼天真善良的人。」

「但你不了解這個圈子。」

「你只要做好分內的事就好，剩下那些骯髒狠毒的事情，我會自己看著辦。」

他凝視著我，過了一會兒，才小聲詢問。

「明新到底對你做了什麼？」

我猶豫了一下，感覺他是真的擔心我，我不確定是否該據實以告。他是個好人，我知道不應該讓他被牽扯進我的復仇，但我似乎別無選擇。我無視內心微小的罪惡感，開口說道。

「跟社長你的經歷差不多。」我的語氣十分淡定，「我只是要把自己經歷過的一切奉還給他。」

我站起身，指向牆上的時鐘。

「因為還要上班，我要回去補眠了。」

聽見我這麼說，兩人趕緊起身道歉，說著「抱歉耽誤你到這麼晚」、「本來不會弄到這麼晚的」、「早知道這樣，就訂消夜一起吃了」、「消夜吃生菜包肉最幸福了」、「不對，最近流行消夜吃麥當勞」等等。正當兩人的話題延伸能力令我身心俱疲時，經紀人的電話響了。一段令我感激的沉默頓時降臨，我加快腳步，期待電梯快點到來。只是，接起電話的經紀人，聲音似乎不太對勁。

「朴室長，您怎麼會半夜還親自打給我？怎麼了……這個時候還在工作？天啊，就算工作再多也不該忙到這麼晚……啊，因為今天居家辦公，所以工作到半夜？不是吧，就算居家辦公，工作量怎麼能那麼多……喔，原來是尹理事指派的啊，了解。白天沒料到他會指派這麼多工作，跑去睡個午覺也是人之常情……您在哭嗎？不是啦，是您的聲音有點哽咽，哈哈……咳咳，沒有，我絕對不是在取笑您。話說回來，您打給我是為了……對，沒錯。喔！明天嗎？可是……什麼？尹、尹理事可能會出席?!我、我知道了。」

頻頻點頭的他，一邊眼神慌張地望向我，一邊回覆。

「我明天帶他過去。」

在電話掛斷的同時，「叮——」一聲，電梯到了。可是我沒能踏進電梯，因為經紀人正緊緊抓著我的手臂。

「怎、怎麼辦？他說明天要安排面試！」

這究竟是怎麼回事？

真是無比漫長的一天。

明明和平常一樣，六點起床上班工作，卻發生了特別多的事情。彷彿過去五年份的事件，全部集中在同一天爆發。現在已經凌晨兩點多了，大樓門口的馬路空空蕩蕩，黑色柏油與白色標線似乎都在提醒著，這是一條車子通行的道路。深夜萬籟俱寂，黑暗有如實質，恍惚之中，眼前寬闊的道路彷彿引誘著我——別猶豫，就這麼跨過去吧。漆黑的夜晚伸手不見五指，偶爾會讓人產生一切都靜止的錯覺。在所有事物皆被定格的剎那，一股和空氣一樣寒冷的涼意包裹住了我的肌膚。

「你一定很累吧。」

一道聲音將我喚回現實。

經紀人說要開車過來，年輕男人便和我一起站在大樓門口等待。「還好」兩個字自口中迸出的同時，我才突然驚覺，自己是真的不累，也不覺得睏倦。

「你說你從事宅配工作對吧？」

我點點頭。

「哇，可是你一點都不像宅配員耶。你看起來很有個性，我跟經紀人曾經懷疑你是金盆洗手的黑道。哈哈哈……嗯，你以前混過黑道嗎？」

「沒有。」

「果然是……」

「但做過類似的事。」

「……」

「開玩笑的。」

我看見年輕男人像雕像一樣僵住了，擔心他原地逃跑，所以撒了個小謊。只見他的表情馬上放鬆下來。

「哇、哇——我、我真的被嚇到了。原、原來你也會開玩笑啊，忽然感覺很親切呢。」

正當我猶豫是否要說出「那不是玩笑」時，他又開口問道。

「話說回來，請問你幾歲啊？感覺你年紀比我大。」

「二十六。」

「原來如此，我二十一歲，就讀電影戲劇系二年級。對了，突然想到，你叫什麼名字？」

他大驚小怪地說著「一直忘了問最重要的部分」，遠處忽然傳來的轟隆巨響蓋過了他的聲音。

轟嗡——嗡——！

噪音般的巨大引擎聲隆隆地從排氣管傾洩而出，一臺跑車自大樓的地下停車場開了出來。那臺車顯然不是我們正在等待的、經紀人的車。一輛高級進口跑車粗魯地從我們身旁疾駛而過，車子留下的噪音像灰濛濛的煙霧般過了許久才散去時，我聽見旁邊傳來小聲的咕噥。

「那是宥翰哥的車。」

我朝車子消失的方向看了一眼，才轉過頭，他看著我聳了聳肩膀。

「宥翰哥滿愛車的。比起超越被他視為目標的藝人，開名車更讓他引以為傲。那臺進口車是他跳槽到這間經紀公司後新買的。你知道嗎？最諷刺的，是那臺車的價錢就跟他從經紀人那裡騙來的金額一模一樣。呿……越想越生氣。」

他瞪向已然不見汽車蹤影的空蕩馬路。我也循著他的目光，望向再次被黑暗吞噬的道路，開口問道。

「是誰？」

「什麼？」

「他在演藝圈的目標是誰？」

被我這麼一問，他歪頭說出了幾個藝人的名字。大部分連我都耳熟能詳，看來的確是一群名人。而他接下來的說明，更是佐證了我的想法。

「他們是專演主角的頂級明星，而且全部都是夢想娛樂旗下的藝人。宥翰哥的專長，是以某個人為範本，塑造出跟他一模一樣的形象。而且不只是戲劇，就連上一般電視節目，他也會把刻意練習過的表情或語氣裝得渾然天成。那種累人的事情，我絕對做不來。居然連平時的樣子也要演戲？」

他搖了搖頭，突然想起了什麼似的，對我說道。

「對了，名字！告訴我你的名字吧，我叫李漢洙。」

「……」

「那個，請問你叫……」

「李宥翰。」

「喔，宥翰……嗯？那個，所以，嗯，你跟宥翰哥的名字……」

他略顯慌張地伸手指向車子已經不見蹤影的道路。

「名字一樣耶。不對，宥翰哥的名字是藝名……咦？你不是說你們以前認識嗎？」

正當我懶得解釋時，一輛疑似經紀人車子的破舊老車開到我們旁邊。嗯，來得正是時候。

喀啦啦——

經紀人在發出老舊引擎聲的車子裡，向我們招招手。

「來，趕快上車吧。」

「經紀人！」

漢洙跑到開啟的車窗邊，轉頭看向我，用慌張的聲音說道。

「你知道嗎？他的名字叫……李宥翰。」

「喔，這樣啊？真是個……好名字。」

表情跟漢洙一樣僵硬的他，盯著我看了好一陣子，才清清喉嚨。

「沒差，反正可以取藝名……嗯，是說，你年紀比漢洙大吧？那漢洙可以叫你哥了。」

他似乎想要轉換氣氛，努力裝出活潑的語氣，而漢洙也趕緊附和。

「好啊。我以後可以喊你哥嗎？」

「不可以。」

「什麼？」

「我不喜歡，請你不要叫我哥。」

我果斷拒絕後，便走向車子，打開車門。

感受到兩人注視著我的目光，但我故意不看他們，直接上了車。不久後，經紀人終於放棄跟我對話，默默踩下油門。

我閉上眼睛，睏意也隨之襲來，這漫長的一天終於要結束了。

「這裡畢竟是大型經紀公司，許多人都會為了成為藝人毛遂自薦。演技補習班每個月都會寄履歷過來，因為數量實在太多了，沒辦法每一個都約見面。有些經紀人也會像我一樣，直接在街頭發掘素人。不過，無論毛遂自薦還是在街頭發掘的素人，負責人都不可能一一跟他們見面，所以每個月會舉辦兩到三次的集體面試。面試本身呢，只有形象照通過審核的人可以參與。過了這關，就算是通過第一道關卡了。當然，就算通過書面審核，但面試過程非常刁鑽，大部分的人都會落選，不過呢，宥翰……咳咳，你即將參與的，是不在原定計畫中的單人面試，相當了不起啊！我也不知道是什麼原因……啊，當然，我有事先向高層透露自己發掘了一個素人，但沒想到他們會特別跟我聯絡。這讓我很緊張耶，他們應該是相信我的眼光，才會舉辦這次的面試，但這說不定是在考驗我……」

長篇大論說明顧慮的經紀人，再三叮嚀我面試一定要提前練習，就此結束了話題。那就表示，我又得在下班後的三更半夜跟經紀人見面了。要撐過上班時間並不困難，雖然今天只睡了三小時，但在送完貨之前，我都沒有覺得想睡或疲憊，也並不擔心明天的面試。只是，早上與營業所所長的對話，莫名在我腦海中揮之不去。

「你要辭職？」

在我回答「是」之後，他馬上開始抱怨自己的煩惱。

「呃啊！你本來可以一個人當兩個人用，你辭職的話，我不就得再找兩個人了嗎！而且一想到又要教新人，我就……」

比起慰留，他更擔心我離職後的問題。正常情況下，一般不都會先阻止員工離職嗎？就在我不經意這麼想的時候，他停下抓頭髮的動作，深深嘆了口氣。

「那你幫忙到新人過來，可以嗎？」

我點點頭，不自覺開口問道。

「為什麼不留我？」

只見他微微一頓，給出令我意外的答案。

「因為我一直覺得，你總有一天會離開。」

「……」

「宥翰，雖然你從來沒提起過，但怎麼說呢？你太認真工作了，你在這裡工作了三年多，從來沒有請過假，也不會推掉週末的班，而且從一開始送貨的量就是其他人的兩倍。我偶爾會遇到因為缺錢像你一樣拚命工作的人，可你給我的感覺不太一樣。」

「哪裡不一樣？」

被我這麼一問，他騷了搔頭，繼續喃喃道。

「那個……感覺你這個人是為了工作而工作。你會一直這樣下去，然後在某一刻忽然離開，就像船過水無痕。」

「……」

「你知道自己看起來有些不安嗎？就算你沒有離開，我搞不好也會開除你。」

他戲謔地笑了笑，接著問道：「你找到其他想做的事了？」

「對。」

「找到想做的事很好啊，不管是什麼事，你都能做得很好。」

他笑著稱讚我，拍了拍我的背，要我趕快去工作。當我下班後，再次在三更半夜去見經紀人時，我終於意識到所長那番話之所以一直在我腦中盤旋，是因為他口中的某個詞彙讓我覺得莫名彆扭。

「想做的事」……嗎？可惜我沒空擁有那種東西，也不配擁有。

「我們每次都在晚上見面耶。」

經紀人笑著向我打招呼，帶我進入了大樓的地下室。看起來像舞蹈練習室的空間沿著走廊一字排開，我跟著經紀人的腳步走進其中一間。雖已是深夜，依舊有不少房間燈火通明，裡面依稀傳出細微的音樂聲。我們走進擁有一整面鏡牆的練習室，經紀人領著我，走到鏡子前面。

「明天就要面試了，演技沒辦法只花幾小時練習就練出來。不過，至少要讓你顯得不那麼尷尬。」

我靜靜凝視著他，等他提供更多關於面試的資訊。接收到我的眼神後，他繼續說道。

「我也只看過幾次，一開始會問面試者幾個問題，要是回答得不好或被揪出缺點，就會直接被請出去。如果順利回答完問題，接下來通常會請面試者表演一段才藝。有些人可能會為了展現才藝，花費幾個月的時間準備，卻因最開始的面試談話表現不佳被直接被轟出去。反正啊，我聽負責人說，他們只要聊幾句就能決定了，所以也沒什麼好說的。」

說完之後，他眼神黯淡，壓低聲音。

「很多人都想成為藝人。大家都是經歷了長期準備，認真努力過來的。你可別以為當藝人是什麼輕輕鬆鬆的工作，即便擁有機運與才華，也絕對不可以產生安逸的心態。如果不持續努力，終有一天會江郎才盡。」

「我知道了，我會在機運跟才華都見底之前將一切結束的。」

「結束……？意思是你復仇完就不幹了？」

「對。」

「……」

「經紀人，我再重申一次，我想要復仇，這是我的目的。」

——如果你現在還如此排斥的話，就放棄我轉身離去吧。

我認為他應該聽懂了我的言下之意。只見他用複雜的眼神，低頭看向自己的手。

「好吧，畢竟我也有自己必須爭取的東西。就像你說的，我需要賺到孩子們的補習費。其實，我作為宥翰經紀人的職務在今天被解除了。」

對於這早有預期的結果，我什麼都沒說。他可能以為我排斥這種話題，笑著要我別擔心，然後捶了捶我的手臂。

「所以我現在可以當你的專屬經紀人，全心全意帶你了。來，認真試試看吧，反正世事難料，努力久了，說不定你的目的就會轉化成演技。」

本來咧嘴笑著的他，忽然一本正經地問道。

「你該不會其實有其他想做的工作，而不是想當演員吧？」

「我沒有想做的，但目標是演員。」

「這樣啊？因為宥翰……明新是演員嗎？」

我點點頭，接著問了自己好奇的事情——明新十分感興趣的那部新劇。

在我說出劇名後，經紀人馬上回答。

「那是超大型企劃，原作本身就是很厲害的暢銷書，去年改編的電影也大受歡迎。所以電視劇推出的話，一定也會爆紅。是說，你問那部電視劇幹嘛？」

「明新好像想爭取主角的位置。」

聽完我說的話，他的臉色變得有點難看。

「明新駕馭不了那個角色吧。他以前主要參與輕鬆或流行的題材，形象也不太符合。聽你這麼一說，我忽然想到，他最近似乎想要轉換形象，是因為這樣嗎？」

他歪頭喃喃自語了一陣子，才開口問我。

「對了，你是怎麼知道的？」

我沒有回答，巧妙地轉移了話題。

「因為那部劇的關係，他想找這間公司的尹理事當他的金主，這之間有什麼關聯嗎？」

「尹、尹、尹理事?!」

他像漫畫主角一樣目瞪口呆，似乎真的被嚇壞了。他屏住呼吸盯著我，過了好一會兒，才緩緩問道。

「你說，明新想找我們公司的尹理事？」

我說「對」，並點了點頭。

「天啊，就算金主可以迅速捧紅他，也要懂得挑選對象吧，居然挑中尹理事……」他搖搖頭，憂心忡忡地說道，「要是惹到尹理事，就連頂級明星都可能跌進萬丈深淵，那小子真大膽。」

明新害他的經紀人職務被解除，他卻替明新的錯誤選擇感到惋惜。他居然還會擔心明新？只見經紀人嘆了口氣，抬起原本低垂的目光。

「想找尹理事當金主，大概是出於幾種原因。首先，他是公司的重要角色，受到社長的全面支持，幾乎等同實質的掌權者。只要成功拉攏尹理事，在公司不就無往不利了嗎？況且不是有傳聞說，這裡是少數幾間有辦法對電視臺施壓的經紀公司，甚至能影響電視劇選角。也許是因為這樣，想紅的新人才會最先鎖定尹理事。不過，那個人……」

經紀人搖了搖頭。

「他絕對、絕對不好惹。我聽說他能力超群，在美國經營自己的電影投資公司，賺進了大筆收益。從這點可以推斷，他挖掘潛在商機的能力十分恐怖。他來這裡當理事的第一個月真的超級誇張，藝人也經歷過一次大洗牌。他向來不吃威逼利誘那一套，想找他當金主的藝人，下場往往非常淒慘。畢竟如果被公司雪藏，就基本跟演員生涯告別了。好吧，這應該也是明新相中他的原因。嗯，當然也可能是版權的關係，希望經紀公司多多捧他。」

「版權？」

「那部作品的電視劇版權在我們公司手上，包含主角在內的主要角色，一定都會被夢想娛樂拿走。雖然現在還在籌備階段，但快的話，大概今年就會開拍了。是說，你問這個問題，該不會……」

「……」

「如果你的復仇，是想跟明新競爭同一個角色，那我欣然接受；萬一你是想找尹理事當金主，我誓死反對。」

「我不打算找他當金主，雖然我很需要。」

他一臉困惑地皺起眉頭，但我沒有多做解釋，畢竟連我自己對於未來要做的事，也沒有任何具體規劃。

「所以我現在該做什麼？」

轉移話題後，他猛然回過神，帶我走到鏡子前面，讓我仔細端詳自己的臉。

「先從面試的部分開始吧。在我發問的時候，你要一邊回答我，一邊透過鏡子看清楚自己的表情變化。你應該能分辨自己的表情吧？」

我照他所說，凝視著鏡子裡的人。面無表情的瘦削臉龐、浮腫而結痂的嘴唇，這就是我睽違幾年不曾仔細觀察的、自己的樣子。那張臉看起來異常陌生，竟讓我產生了一種自己正在與另一個人陌生人對視的錯覺。

「要是時間充裕，就可以練習要表演的才藝，但今天就要面試了，我們還是先以沉穩回答問題為目標，念念幾句簡單的臺詞就好。」

他說的念臺詞，是指演戲嗎？見我露出狐疑的目光，他聳了聳肩。

「你沒有演過戲，一定會擔心，但沒關係，如果念不出臺詞，展現真實的自己也可以。不過俗話說有備無患嘛？雖然念出簡單的臺詞對你來說大概也很難……」

「我念過臺詞。」

「嗯？」

我向瞪大雙眼、一臉「你在說什麼」的他更正。

「我讀過臺詞。」

我從來沒想過，跟明新同居的過往，居然有派上用場的一天。可不是嗎？想當藝人的是他，我就只是一臉嫌棄地陪著背誦臺詞的他對戲。起初，我只像朗讀課本般念出臺詞，但在練習演戲後變得活潑多話的他，開始對我的表現有所不滿。

「吼，你要投入一點啦。既然是配合我演戲，你應該要像劇本裡的人一樣入戲。」

「什麼？你覺得難為情？哈哈，你不是出了名的不要臉嗎？聽你說出那種話真的很搞笑，原來你也有做不到的事……」

被他挑釁之後，我故意用更搞笑的方式讀出臺詞。且當我表現得越浮誇，明

新就會越開心地念出自己的臺詞。起初只令我厭煩的事情，後來好像成了每晚的日常。我們一起嬉笑、一起喝酒，最後像在玩鬧般逗笑對方。

那是很久以前的事了，如今記憶已模糊不清，但那段經歷依然讓我能順利讀出經紀人給的劇本中的幾句臺詞。至少我並沒有覺得尷尬。我拋下面露驚訝的經紀人，沒有在凌晨時分回家，而是前往網咖，打開經紀人給的資料，戴上頭罩式耳機。

經紀人說他會幫自己帶過的演員錄下所有演出片段，於是，我拜託他讓我看看。眼前散發陣陣眩光的螢幕中，一個帶著溫柔微笑、輕聲說著甜言蜜語的男人正在演繹著。我從影片擷取了一分鐘的片段，在清晨到來前，不停反覆觀看，直到走出網咖時，我感覺自己已經成為了劇裡的明新。

這天可以不用出門工作，但我還是跟平時一樣早起。我沒去送宅配，而是踏進了來過幾次、已經熟門熟路的夢想娛樂大樓。在那等待我的，不只有經紀人。我看著站在一旁的漢洙，他露出跟經紀人一樣緊張的表情，向我伸出手。

「這個給你。感覺你會需要，我就蹺課買來了。」

聽他語氣真摯，我認真地看了看他遞出的東西，但我只感到一陣匪夷所思。

到底為什麼要給我清心丸[7]啊？

而經紀人的反應更是誇張。

「我不知道你信什麼教，所以全拿來了。」

說出這句話的同時，他一邊遞出十字架項鍊、天主教聖珠，甚至還有一串佛珠。我掃視兩人遞出的東西後，開口說道。

「我不需要這些。」

是不是該早點告訴他們？居然還蹺課過來，讓我有一點點愧疚。為了保險起見，需要用到的道具我已經自己準備好，放在褲子後面的口袋了。但兩人聽見我這麼說之後，表情更僵硬了。

「呃嗯？」

過了一陣子，經紀人發出了奇怪的聲音，漢洙也接著說道。

「難道是 Psychopath[8]嗎？」

嗯？他在說什麼啊？我不懂那個單字的意思，默默地看著他們，只見經紀人

7　混合山藥、人參、甘草等各種藥草和牛黃、麝香等動物性藥材製成的藥丸，在韓國十分受到歡迎。原是為了體質燥熱的人中風時開的藥，後來常被用來緩和突如其來的怒火，或舒緩緊張情緒。不過這種藥只能達到心理上的撫慰，並不能實際緩解緊張。

8　俗稱神經病或精神病患者。通常指患有心理病態或人格障礙的人，患者會表現出持續的反社會行徑，缺乏同理心和自責行為。

回過神來，訓了漢洙一頓。

「你怎麼可以那樣說他？哈哈，可能因為你都不會緊張，所以他才會開你玩笑。」

……原來是罵人的話啊。我瞪了漢洙一眼，與我四目相交的他縮了一下，肩膀瑟瑟地發抖。

「對、對不起。」

是英文髒話嗎？我瞇起眼睛思考的同時，經紀人「啊」了一聲，從口袋掏出一張摺起來的紙。

「我幫你想了幾個藝名。」

他攤開紙張，上頭寫了一百多個名字。他滿臉期待地拿給我看，一副要從頭念到尾的樣子，開始一個接一個指給我看。

「有喜歡的就告訴我，首先，李泰民……」

「好，就這個。」

「嗯？」

「就選李泰民吧。」

經紀人瞬間愣住了，表情顯得有些挫折，但坦白說，我覺得名字根本不重要。

為了轉移他的注意，我出言提醒。

「是不是該走了？」

幸好奏效了，只見他迅速切換表情，一隻手放在心臟上，把漢洙的清心丸塞進嘴裡。

「好，走吧！」

——嘰咿。

微小的開門聲響起後，我跟著經紀人一起走了進去。我把雙手緊握經紀人的三種宗教套組、替我加油的漢洙留在外頭，關上了門。接著，我看到經紀人主動向屋內的兩人打招呼——在長桌另一端，椅子上正坐著兩個男人，看上去應該是四十歲中旬和三十歲出頭。

年長一點的男人穿著便服，另一位則身穿西裝。那名四十幾歲的男人似乎跟經紀人很熟，還笑著寒暄了一下。也不曉得是不是故意的，另一位下巴削瘦、體型健壯的中年男人卻擺出一副撲克臉，敷衍地握了握經紀人伸出的手。室內比想像中大，兩人身後似乎還藏著另一個空間，一扇門和一面光可鑑人的巨大鏡面窗戶矗立其後。

看起來有點像常在電視上看到的、警察偵訊室的窗戶。那後面該不會真的有其他人吧？就在我環顧周遭時，他們已經交談完畢。經紀人退到後面，年長的男人指著一個位置，示意我站過去。我在兩人對面站定後，男人打開了桌上的攝影機。

「請你先對著鏡頭，自我介紹一下。」

「李泰民，二十六歲。」

「……」

「就這樣嗎？」

瞥了攝影機螢幕一眼的他問完，我點頭表示回應，而他發出「嗯哼」一聲，轉頭看向隔壁的人。只見略顯疲憊的中年男人盯著我看了半晌，又忽然瞥了後面的窗戶一眼，然後用一板一眼的語氣問道。

「李泰民先生，你的臉是怎麼回事？」

尚未意識到他說的是我嘴唇上的傷口，就聽他就用果斷的語氣接著說道。

「對我們來說，你就是一項商品。如果商品有了瑕疵，誰還會想買？」

聽見他這麼說，慌張的經紀人急忙向前。

「啊，朴室長，那個，傷口是……」

朴室長？喔，就是那個因上司壓迫而哭泣的可憐人啊。在我陷入回憶的時候，當事人已用強硬的態度，對經紀人發號施令。

「崔經紀人，請你退到後面。李泰民先生，你有什麼想說的嗎？如果是你，會買已經被蟲咬過的水果嗎？」

「不會。」

聽見我的回答後，他眉頭一皺，揮了揮手。

「既然知道，就出去吧。」

「……」

「你聽不懂人話嗎？我說面試結束了，請你離開。」

我沒有移動，而是轉頭看向臉色蒼白、準備再次衝向前的經紀人，伸手攔住了他。沒想到我準備的道具真的會派上用場。我突然想起經紀人說過的「展現真實的自己也可以」，往前邁開一步。

「不要。」

「什麼？」

朴室長被我的話驚得瞪大雙眼，我不露聲色地看著他，緩緩從後面的口袋掏出事先準備好的道具。

「你聾了嗎？我說——不要。」

咻——鏘。

一陣短促的風聲從我的指尖傳出。聲音不大，依舊在突然安靜下來的空間中，吸引了眾人的目光。

喀。

從雙手空無一物到亮出手中的銀色刀刃，其實只花了幾秒鐘時間。但我知道，在那電光石火間發出的金屬摩擦聲和如炫技般甩出刀子的動作，看起來絕對非常華麗。這種刀名叫甩刀，又稱蝴蝶刀。要威脅人的話，沒有其他比甩這種刀更有效的方法了。很久以前，身穿制服的模範生就是被我手中的道具嚇得瑟瑟發抖，交出了錢包。雖然對象換成了身穿西裝的面試官，但他看見刀子後的眼神，和我以前對付的高中生沒有任何區別。

「我的天啊，居然帶刀過來……」

他把身體往後挪，聲音流露出一絲緊張。隨後，我朝他走近，只聽他的聲音越來越小，瞪大的雙眼逐漸湧現驚懼。

「那、那個，李泰民先生……」

「感覺很不爽，對吧？」

我悠悠打斷他的話，在桌子正前方停下腳步，鋒利的刀刃又在手中旋轉了一圈。

咻——鏘、鏘。

在尖銳的金屬摩擦聲讓朴室長的眼神變得更僵硬之後，我再次發問。

「其實我不太想這麼做。是那個大叔一直煩我，叫我來面試，我才過來看看。我百忙之中抽空過來，結果你們只問完我的名字，就叫我離開？」

「不是，那是……」

匡！

我把刀刃插進桌面，發出一聲巨響，桌子也跟著震了一下。與此同時，朴室長發出一聲短促的驚叫，像在呻吟一樣。

「哼呃！」

「你們這樣搞，難道不知道我會不爽嗎？」

我口中念念有詞，彎腰貼近他的臉。當我逐漸逼近，只留下幾公分不到的距離時，慌張的他馬上把椅子往後挪，急忙開口道。

「你、你是在威脅我嗎？就、就算這樣，我也不可能讓你通過面試……」

「我才不在乎面試。我不是說了嗎？我已經不爽了。」

我一把揪住他的衣領，讓他沒辦法再後退。猛然抓住他的力道，讓他窒息似的輕咳了幾聲，但我沒有放過他，反而故意掐得更緊了。

「而且，這樣才叫威脅好嗎？」

我聽見經紀人在背後焦急的呼喚，和急急忙忙跑過來的腳步聲，也感受到旁邊的攝影師驚慌地站了起來，但我一心專注在朴室長身上，用只有他能聽見的音量耳語。

「你老婆漂亮嗎？」

唰──

我舉起另一隻手，用指甲輕輕在他臉頰上一劃。見雙目已經要從他的眼眶徹底脫逃，我繼續面無表情地輕聲說道。

「如果有宅配送到家裡的話。」

「……？」

「記得叫她不要開門。」

我帶著笑意的語氣，讓朴室長的身體立刻僵住了。

「什、什麼意思……」

他擠出一口氣，顫抖地小聲問道。我稍微退後了些，嘴角微微上揚。

「你不知道嗎？我是送貨的。」

「——！」

喀啦。在桌子被往後推的同時，有人緊緊抓住了我的手臂。

「泰、泰民！你在做什麼?!」

被嚇得不管不顧衝過來的經紀人，一把將我扯離朴室長身邊。我鬆開手，朴室長全身癱軟，靠坐在椅背上，眼神呆滯地低頭看著桌子。可能是看見插在桌上的刀，讓他終於回過神來，只見他抬起頭，用詫異的眼神望著我。

「先、先生，我不知道你想做什麼，但要是你對我太太下手……」

「對不起。」

我低下頭，刻意盯著地板。突如其來的一句話，讓周遭瞬間安靜了下來。本來起身擋在朴室長身前的攝影師和想把我拖走的經紀人，都像朴室長一樣，不禁懷疑起自己的耳朵，疑惑地轉頭看向我。我避開他們的目光，故作怯懦，緩緩開口模仿我獨自揣摩、反覆觀看了一整夜的明新的語氣。那一分鐘乞求原諒的片段，又在我腦海裡重播了一次。

「真的……很抱歉。我有時候會不自覺地……呃……變得很不像我，會忽然生氣得大吼大叫。當我回過神來……看見認識的人們全都用畏懼的眼神盯著我看。

我……我很想說我不是故意的，但大家似乎已經誤以為那個大發雷霆、出言不遜的人，就是真正的我了……可是、可是，那真的不是我！之所以對你發脾氣，是因為那一刻的我不是我……那絕對不是我本來的樣子！」

顫抖的聲音在房間裡迴盪。我不敢抬頭，並不是真的投入在演繹之中，而是擔心眼神露餡，會被發現我只是在念臺詞。幸好之前氣氛鋪墊得很到位，驚慌的眾人後知後覺地意識到我在演戲了。要是一開始就用檢視演技的眼光看待我的表演，我蹩腳的演技大概只會淪為笑柄。

「我不是故意嚇人的，所以……請你們不要用那種眼神看我。」

我念出最後一句臺詞後，才緩緩抬起頭，只見年長男人的表情依舊呆滯，而朴室長仍僵著身體，一臉凝重。與此同時，我聽見經紀人在一旁咕噥。

「上週播出的週三週四劇……宋宥翰道歉的一幕。」

我轉過頭，正好和注視著我的經紀人對視。眼神複雜的他勾著我的手臂後退一步，面向朴室長。

「您不知道嗎？」

說完後，朴室長咕噥了一句「喔，那個啊」，接著點了點頭。儘管身體仍十分僵硬，但在搞清楚狀況後，他用乾咳掩飾了自己的尷尬。

「咳咳，嗯，所以說……你是在演戲啊？」

我沒有回答他的問題，而是往前靠近一步。朴室長厚實的肩膀顫抖了一下，但我沒有理會，一把拔起仍插在桌上的刀，再次往後退去。

「如果嚇到您了，我很抱歉。」

鄭重道歉後，朴室長迴避了我的目光，尷尬地哈哈笑。

「還好啦，我也沒有多驚訝。」這麼說的他，眼眶正微微濕潤，「但你可以先說一聲再開始表演啊……」

回過神之後，他可能有點氣憤，正當他準備提高音量繼續責備我時，一陣突兀的手機鈴聲忽然響起，打斷了他的發言。手機的主人是朴室長。他掏出手機，看見螢幕顯示的名字後，露出了驚訝的神情。只見他偷偷瞄了後方一眼，小心翼翼接起電話。

「……是……是……什麼？」

對方的地位似乎比他高，他的語氣十分恭敬，電話講到一半，他忽然語帶驚訝，轉頭看向我。

「是，我也是那樣認為的，不過……」

他直愣愣的眼神，讓我不禁懷疑他是否正在談論我，而後他又突然輕輕點頭。

「那就先那麼辦，再觀察吧。」

啪。掛斷電話後，他先是若有所思地看向桌子，才叫住經紀人。

「崔經紀人。」

經紀人一臉緊張地向前幾步。

「是。」

「先一個月吧。」

不知道「一個月」是什麼意思，但經紀人臉上出現了驚喜的表情，看來似乎不是壞事。但朴室長接下來的說明，卻完全出乎我的意料。

「之後崔經紀人會詳細向你說明，我們會簽訂一個月的合約。因為你今天的表現令人印象深刻，公司才作出這個決定。如果一個月後，你沒有更加令人印象深刻的成長，當然就不會續約了。」

應該要回應他才對，此刻我卻有些恍惚。

我做的事，真的奏效了嗎？但朴室長不等我的回應，看著旁邊攝影機的螢幕，繼續說道。

「你在螢幕上比本人還好看呢。嗯，只要稍微打理一下，做點造型，看起來應該有模有樣。」

喃喃自語的他，抬頭看向仍站在原地的我和經紀人。

「你們可以出去了，還有……」

他用略帶恐懼的目光看著我手上的刀，把衣領重新拉正。

「現在可以把刀收起來了。」

聽到這句話，我終於從恍惚中回過神，把十幾歲之後便再也沒握過的刀塞回口袋。五年前，兩手空空的我只帶了幾套衣服就住進考試院[9]，後來才在其中一件衣服裡，發現了那把刀——青少年時期出於不成熟的心態，甩著看似華麗的刀，向同齡人勒索金錢的工具。

到貸款公司工作後，我換了一把更重的刀，根本不記得這把刀放在哪裡，沒想到居然在我唯一帶來的冬季外套內袋找到了它。再次發現它的時候，因為嫌麻煩加之忙得分身乏術，並沒有立刻將它丟掉。未曾想過有機會再用到，便把它丟進了唯一的包包的最下層，直到面試前才想起它的存在。那是唯一能證明我過往的證據。雖然沒料到真的會拿出來用就是了。

「後半段的道歉是模仿電視劇，那前半段甩刀的橋段，模仿的是什麼呢？」

9 고시원，一種韓國專門為考試的人群準備的出租房。自一九八〇年代開始出現，特點是僅能容納一人的狹小空間、租金低廉、租期彈性以及不需要付保證金。

朴室長好奇地追問，「甩刀也是你刻意練習的嗎？」

我本來想回答「不是」，身旁的經紀人卻狠狠抓住我的手臂，向前走了幾步。

「那當然！當然是刻意練習的，對吧？泰民？」

「……」

「哈，哈，哈，他、他說對。」

我什麼話都沒說，經紀人卻自顧自地替我回答，而朴室長臉上也浮現出一種「我就知道」的笑容。

「果然是這樣吧？因為你甩刀的動作太過熟練，我還差點就信了……對了，如果全都是表演的話，表示那句話也是騙人的囉？」

哪句話？我跟經紀人露出納悶的表情看向朴室長，朴室長這才不經意地問道。

「就是你說自己在送宅配的那句啊，哈哈，那不是真的吧？」

「是真的。」

「……」

「我現在的工作是宅配員。」

朴室長的臉色忽然變得跟石膏一樣慘白。我以為他不相信，正打算再次重申時，經紀人立刻抓住我的手臂，把我拖到門外。門被關上前，我看見朴室長慌忙用顫抖的手按下手機通話鍵，哽咽地說道——

「親愛的！別收宅配！」

為期一個月的合約。

看著眼前等待我簽名的合約，我卻沒什麼感觸，反倒覺得密密麻麻的文字讓人心煩意亂，何況內容全是規定我不能做的事情。以完全沒準備要成為藝人的我來說，能走到這一步或許就已經很棒了，但我對這份工作一無所知，實際上並沒有什麼激動的感覺。反觀經紀人跟漢洙卻是一副興奮不已的模樣。

「哇——就連萬能的演技補習班的學生也很難通過面試，你居然能直接簽約！真是太厲害了！」

「哈哈——我也嚇了一跳！唉，感覺心臟還在怦怦跳呢。朴室長一開始要他離開時，我還以為完蛋了，泰民，你怎麼知道要準備那一齣！」

「可惡，我也應該一起進去才對！經紀人，後來呢？嗯？」

「啊，一開始真的超過癮的，泰民突然拿出刀子……」

看見經紀人猛然站起，想要重現當時的情況，我感覺他們會聊很久，也跟著站了起來。正準備開始講解的經紀人停下話匣子，轉頭看我。

「你要去哪裡？」

我回答「廁所」後便要轉身離開，他卻忽然稱讚我道。

「今天表現得很好。」

我瞥了他一眼，本打算回答「還好」，最終還是沒有開口。嘴上說著稱讚，他的眼神卻十分複雜。那眼神，和朴室長發現我在演戲時露出的神情一模一樣。

「一開始拿著刀子的那段，演得實在太逼真了，連我都嚇了一大跳。」

所以問題是出在第二段囉？正當我這麼猜測時，他又補充了一句。

「第二段也表現得很好。」

「……」

「那樣算是模仿得很棒了。」

模仿啊……我靜靜凝視著經紀人，聽他用有點低沉的聲音接著說道。

「你是第一次演戲，所以才會那樣，但演戲並不是模仿得一模一樣就行了。」

「……」

「如果你打算繼續那麼做，那我沒辦法給你任何幫助。」

「……」

我看著他堅定的眼神，隔了一段時間才開口。好吧，看來我是不可能隨隨便便蒙混過關了，雖然我本來也不打算敷衍了事。

「我沒有要模仿明新，我會努力的。」

聽到我的回答後，經紀人的眼神終於有了笑意。

「很好，就是在等你這句話。呃哈哈哈——我們去聚餐吧？聚餐？」

一說到聚餐，態度又一百八十度大轉變的兩人，一副要把地球上所有食物吃光的樣子，開始搜尋各家美食餐廳。他們光是找餐廳，就找了超過二十分鐘，於是我默默離開，進入旁邊的空房間。三樓有許多像會議室一樣的小房間密密麻麻地排在一起，公司旗下的藝人和經紀人可以隨時用來開會或討論事情。

我靠在微開的門邊，愣愣地看著空無一人房間。我什麼都沒有思考，只是等待著他們查完餐廳，再一同前往。因為門是半開的狀態，如果經紀人跟漢洙走出來，我可以立即察覺。只是，我等待的兩人依然無聲無息，原先的會議室反倒傳來了另一人的聲音。

「這是怎樣？你們兩個為什麼在這？」

接在明新不敢置信的語氣後，是漢洙的聲音。

「就是有事才會在這裡啊，關你什麼事？」

我轉頭看向門外，從這裡，可以看見明新側身背對我站著。只聽他冷漠地對站在他面前的漢洙說道。

「你還沒被開除？因為白痴的恐懼症不敢站在鏡頭面前，竟然還賴在這裡這麼久？」

本想出聲制止漢洙的經紀人似乎被那番話激怒，皺起了眉頭。

「宥翰，你怎麼可以那樣說？漢洙他……」

「你也一樣啦。我離開之後，你明明沒有其他藝人可以帶，卻還是賴在這間公司，真的很討人厭。」

他說完後，漢洙整個人面紅耳赤，好像很不高興。

「我們才覺得你討人厭！靠，你以為少了你之後，經紀人就沒有其他藝人能帶了嗎？我們經紀人發掘的新人，今天一次就通過面試簽約了，怎樣！」

他在說我嗎？我默默聽著，但漢洙接下來的話，讓我沒辦法繼續默默聽下去了。

「他演技多好啊！據說連負責面試的朴室長都落淚了！根本就是演技天才，天才！」

所以是在說我吧？

「接下來只要公司力捧，他就會變成你根本比不上的大咖演員，所以你別再管我們的事了，可以嗎？」

說完，漢洙抬起下巴，一把勾住面露驚慌的經紀人的手臂，轉身走進房間，留下「匡」的關門聲。不對，還留下了另一樣東西——站在原地、瞪著那扇門的明新。我只看得見他半張臉，看不清他的表情，不過，我可以明顯感受到他的憤怒。

看見那個畫面，我忍不住想笑。明新還是沒變，他以前也是這樣。依照他的個性，即使是對其他人無足輕重的事情，他也會一直耿耿於懷，讓問題在心裡越來越糾結。即使外表變得更有男人味，成了開跑車的人氣演員，他的內在仍是原本的明新。就像剛才，他明明可以對被自己搞垮的經紀公司的社長與同事演員視而不見，卻依舊要跑到他們面前耀武揚威。

他又瞪著門看了好一陣子，才急忙拿起手機打給某人。我走出房間，靜悄悄跟在他身後。他坐上一臺無人電梯，就這樣抵達頂樓。確認電梯不再移動後，我也一樣乘坐電梯來到頂樓，毫不猶豫地走向天臺。我聽說幹部的辦公室也在這裡，但要有通行證才能進入。

我不認為明新能進到那裡，所以他只可能在天臺。我沿著曾在夜晚走過的樓梯往上，窺見一扇被開啟的門之後，躡手躡腳地移動到能聽見明新聲音的方向。

我靜悄悄地躲在一棵樹後方，偷聽明新的對話。他氣壞了，對著通話對象一頓咆哮。

「……吼，我就是覺得很煩！誰知道他們是不是故意跑來堵我，在背後詛咒我？煩死人了，簡直跟螞蟲一樣……唉，我真的被搞得頭很大……我知道，我都知道，但你還是幫我打聽看看，聽說是今天通過面試的……對，沒錯。只要打聽到行程安排就好，接下來我會自己看著辦。什麼？唉，你說呢？當然要斬草除根囉。我會讓他知道，跟崔社長一起工作，只會跟他一起完蛋。」

理智上知道他準備處理的對象是我，我卻一點也不擔心，反而感到有些可笑。我都還沒出手，他就注意到我了，雖然他還不知道我是誰。多虧如此，事情應該很容易就能搞定，到時候一定會非常精彩。正當我內心感慨萬千時，電話講到一半的明新猛然回過頭。

「誰在那裡?!」

凶狠的聲音響徹天臺。

窸窣。

我不自覺壓低身體。我躲在樹幹旁邊，幾乎整個人俯臥在地，努力縮起上半身。我不想這麼快就讓他發現我的存在。一方面是想保留自己的真實身分這張底牌，另一方面是我還需要做更多準備，畢竟我現在只不過是個剛入行的新人。

就算再怎麼想復仇，就現實層面而言，現在的我不過是個貧窮又沒本事的宅配員，毫無準備地站到開著幾億進口車的知名藝人面前，只會淪為笑柄。所以我只能滑稽地縮起身體，盡量不發出聲音，避免被發現。

喀嗟、喀嗟。

聽見腳步聲朝我的方向走來，我左顧右盼尋找其他藏身處，但身後已無處可躲，離開的門又位於遙遠的另一側。

「是誰？」

我聽見明新提高音量的聲音，從更近的距離傳來。

「不是躲在那裡嗎？」

怎麼辦？就這麼遇見他的話……

「你說誰躲在那裡？」

嗯？另一個聲音忽然自某處傳來，讓我本就緊繃的身體變得更加僵硬。原來還有其他人在？這始料未及的發展，讓我忍不住抬頭看向聲音的來源。明新所在的位置，距離我藏身的樹不遠，而他對面，一個身材高䠷的男人正迎面走來。

他的臉被擋住了，我看得不甚清晰，不過這個角度倒是可以清楚看見明新的表情。明新似乎比我還要驚訝，我甚至看到他深呼吸了一口氣。然而，比起明新驚訝的神情，讓我更詫異的是他說出的話。

「嚇！對、對不起。」

一看見對方，明新立刻主動道歉，彷彿自己鑄下了什麼大錯，神色驚慌地看向正緩步靠近的人。

「我只是聽見聲音，以為有人偷聽，沒想到居然是尹……」

「這裡是什麼地方？」

溫柔的嗓音打斷了明新的話，和藹的語氣讓人莫名耳熱。我忘了自己正在躲藏，又再次探頭一看。

「不是你的私人空間吧？」

「不是，那個……」

「而且你的通話內容也沒有有趣到值得偷聽。」

那就是你也在偷聽的意思啊！話說得如此厚顏無恥的他，又接著說道。

「不就是想弄掉一個新人，這種微不足道的小事嗎？」

他溫和的嗓音彷彿在說一句動人的讚賞，說出來的內容卻與溫柔的語調截然相反。聽見這番話，明新的表情徹底僵硬。我嘴角泛起笑容，終於看清了讓明新啞口無言的對象。或許是白天且帶著微笑的緣故，此刻看起來溫文爾雅的人，正是我前天晚上遇見的神經病。只見他瞇眼一笑，掏出一根菸。

「我想自己抽根菸。」

聽到那句話，原本定格的明新，忽然回神似的開口說道。

「那個，您誤會了，我只是在跟認識的人開玩笑。」

明新臉上綻出笑容，完全不見方才的僵硬尷尬。

「您該不會當真了吧？」

「菸。」

「什麼？啊，您想自己抽菸是吧？」

明新無奈地退後一步，然後淺笑一聲。

「下次讓我跟您一起抽吧。」

明新雙眼發亮地說完後，對方也彎起雙眸，笑著回應。

「不要。」

「……」

「你真的很白目耶，還不離開？」

他是看不慣別人笑嗎？他把明新最後的笑容也奪走後，用手上的香菸指著門。

明新一臉惋惜地望著他，最後留下一句道別，便走出門外。

在明新下樓的腳步聲遠去後，我仍蹲在地上不敢起身。明新雖然離開了，但我更不想遇到的對象還在。就算我是個狠角色，也絕對不想再跟那個人打交道了。只可惜，天不從人願。

「喂，兩百元，你還不出來，在幹嘛？」

媽的。我忍不住在心裡罵了句髒話。我緩緩站起身，從藏身處走了出來，看見嘴裡叼著菸的他。在燦爛的陽光下，他嘴角的笑容看起來更令人毛骨悚然了。他就是用那副面容，笑著捅別人一刀的吧？真正令我感到不解的，是明新對待他的態度。既然明新在他面前一聲都不敢吭，不就表示他確實權勢滔天嗎？第二次見到他，感覺他好像更眼熟了。

「是宋宥翰嗎？你要復仇的對象？」

不幸的是，因為是第二次見面，我不只覺得他長相面熟，他直率的語氣也給我一種莫名的熟悉感。

「我在問你是不是宋宥翰，兩百元。」

比起被他發現明新是我的復仇對象，「兩百元」這個稱呼更讓我煩躁，還有他嘲諷般笑著的那張嘴也是。我下意識想罵出髒話，但那些話太普通了，完全不足以表達我此刻的不爽。我需要更強而有力的反擊……啊，還有那句嘛！我突然想起漢洙稍早罵過我的美國髒話。

「關你屁事，Psychopath。」

既然 psycho 是罵人的話，後面的 path 一定是用來加重語氣的。我堅信這句話的強度應該跟「幹他媽的狗雜種」差不多。才剛說完，對方馬上就有了反應。雖然只有一下下，但他的眼神微微瞇了起來。哼，就算已經恢復原樣，他一定有被我的辱罵嚇到。只可惜他接下來說的話，反而讓我更不爽了。

「我有時候的確會被人那樣說。」

居然一臉淡定地說出自己偶爾會被人這樣說？正當我皺起眉頭，心想這傢伙是不是比想像中還難對付時，他再次重複了之前的問題。

「是宋宥翰嗎？」

「……」

「所以你才會一路跟蹤到這裡。」

「你怎麼知道？」

「因為我在跟蹤你。」

他叼著香菸，厚臉皮地說道，接著把頭撇向一旁。

「聽說你通過面試了？你在負責面試的朴室長面前甩刀、嚇哭他的事蹟已經傳開了。」

不曉得他是怎麼知道的，只見他彎彎的眉眼，瞥向了我身後裝著刀的口袋。

「聽說你先用以前耍流氓的手段嚇人後，才秀出比五歲小孩還不如的演技。雖然妥善運用了情境反差，要不是朴室長膽小，不然像你這種人，根本不可能有任何機會。」

他溫柔的聲音化作一把利刃刺向我。儘管臉上帶著笑容，看向我的眼神卻冷若冰霜。我看著他，緩緩回答。

「對，像我這種人，根本不可能有任何機會。」

他的笑容好像短暫地消失了一下，不過嘴角又馬上習慣性上揚。

「外表不出眾又沒有演戲的天分，卻說要復仇？」

「不用你管。」

我蠻橫地放話，但他連理都不理，反倒眼神含笑。他好像很享受似的，連聲音也透出笑意。

「如果你想憑那種實力，爬到宋宥翰現在的地位，除非有個厲害的金主推你一把，否則你在這個圈子混幾十年也做不到。啊，你說想找尹理事，對吧？」

他這麼說的同時，從腳到頭打量了我一番。

「就憑你？」

奇怪的是，我並沒有生氣。可能是他冷漠的語氣，讓我覺得他只是在陳述事實。

「我知道，我有自知之明。」

平靜地回嘴後，他馬上應了一句。

「對，就是這樣。」

他叼著灼紅的香菸吸了一口，緩緩吐出白色煙霧。

「看來你是真的知道，這一切近乎不可能達成。在我看來，你的情緒起伏不大，也相當務實，但你現在居然想成為沒什麼發展性的演員，藉此展開復仇？不覺得很有趣嗎？」

不，並不有趣。我之所以認為不該跟他打交道，不只因為他說話傷人，就如同他的笑臉與冷漠語氣之間的反差令人毛骨悚然一樣，或許我本能地發現了他如狩獵者般的懾人氣勢。就像剛才的那句話，毫不猶豫地揭穿了我藏在內心深處、不願表露的心境。而說出那句話的同時，他的臉上仍帶著盈盈笑意。

「我說你啊，其實……」

其實什麼？我瞪著他，而他也直直盯著我，開口問道。

「復仇只是手段，你其實另有其他真正的目的吧？」

我頓時啞口無言。雖然很想表現出不動聲色的模樣，但殘忍的是，看見他滿盈笑意的眉眼，我便知道他已經發現了我的動搖。他的眼神彷彿捕獲獵物般緊緊抓著我，輕聲說道。

「好吧，你的確挺有趣的。」

媽的，惹錯人了。從天臺下樓的時候，我滿腦子只有這個想法。怎麼會不小心撞見最糟糕的人選？可當初是我自己跟他借菸的，也不能全怪罪於壞運氣。可惡，居然會被人徹底看透。要是與他為敵，我這輩子都會活得很辛苦吧。

「如果你繼續待在這間公司，就會一直見到我。而且我呢，覺得你非常有趣，會想要阻礙你想做的每一件事。所以考慮看看吧，看你可以獻給我什麼。」

我連這傢伙是誰、叫什麼名字都不知道，居然就被他威脅了？他親切地說要留電話號碼給我，並給我一週的時間考慮，我真的很想直接置之不理，但又放不下明新對他的詭異態度。在這間公司裡，他到底握有多大的權力？

「……泰民？」

有人伸手搖了搖我的肩膀，我轉過頭，發現經紀人跟漢洙正盯著我看。

「你怎麼了？你回來之後，臉色變得很凝重。」

「經紀人。」

「嗯？」

「這間公司旗下有個藝人，總是面帶笑容，年紀大概三十歲左右……不對，先別說這個了，你是不是有事情要問我？」

就算問到名字又能怎樣？反正我顯然已經惹錯人了。

「喔，一週後要拍你的形象照，想問你有沒有空。其實應該現在就要去拍的，但要等你臉上的傷口痊癒，往後延了一週。雖然是第一張照片，但朴室長特別叮囑，那張照片會決定你未來的工作，所以我們要認真拍！負責掌鏡的人非常重要，幸好跟公司合作的工作室本身就口碑良好，你完全不用緊張，哈哈——」

我根本沒覺得緊張。

「對了，你還要寫一下履歷資料，像是學歷、過往經歷……之類的。」

經紀人越講越慢，用略顯擔憂的眼神瞥向我裝著刀的口袋。

「咳咳，我只是為了保險起見才問一下喔，泰民，你過去有做過壞事……」

「請不要擔心，我沒有前科。」

「哈哈，對吧？」

「雖然有被抓到警局幾次。」

兩人的表情瞬間僵住了。我感到十分不解，於是語帶輕鬆地問他們。

「人生在世，不都會被警察抓過一兩次嗎？」

「……」

「……」

兩人的沉默讓我一陣莫名，就在我愣愣看著他們時，漢洙為難地開口。

「那個，為了以防萬一，我問一下喔，請問你高中……有畢業吧？」

「沒有，我一年級就被退學了。」

經紀人的眉毛抽動了一下。

「所以被退學之後，你就因為媽媽生病的關係，跑去認真工作，賺取醫藥費……」

「我騎著摩托車，勒索了其他人。」

兩人的臉色莫名變得蒼白。剛剛聽到他們喊餓，是血糖太低了嗎？我一邊這麼想著，一邊說出了自己唯一的缺點。

「所以我比較無知一點，尤其是英文。」

就在兩人的臉色慘白得令人憂心時，經紀人終於艱難地開口了。

「……神祕路線，就走神祕路線吧。」

幸好宅配公司馬上徵到新人，一週後我就順利離職。最後交付完車鑰匙準備離開的時候，我刻意不告而別，悄悄離開了公司。從明天開始，我就要改去其他地方上班了，一種不真實感無端縈繞在我的心頭。只是我清楚地知道，就如同之前拚命工作還錢，接下來我也會卯足全力完成復仇。對我來說，這不過是那五年贖罪的延續，所以我才能保持心平氣和。

即使從拍攝形象照的第一天開始，問題就如約定好般紛沓而至。

在我的既定印象中，拍照這種事只要按按快門就可以了。當我抵達彷彿倉庫般、天花板挑高的工作室時，陌生的空間讓我忍不住左顧右盼。四處都擺放著不知名的機器，一片白色的背景孤零零地立於其中。在我眼裡，一切都很陌生，可我依然知道現場少了什麼——人，少了執行工作的人。

「不是吧，昨天不是有提前跟你們聯繫嗎？今天下午一點的拍攝，不是確認過兩次了嗎？」

經紀人罕見地提高音量，對著唯一在場的女人發脾氣，但神情慌張的女人似乎只是工讀生，反覆說著她也不清楚。

「今天一大早，大家就帶著設備去出外景了。他們要去其他城市，不確定什麼時候回來。」

「所有攝影師都去了？朴攝影師也是？妳確定？」

聽見經紀人的提問，工讀生用力點了點頭。

「是的，連梳化組也全員出動。我也是凌晨才接到通知，被叫來看顧空無一人的辦公室。」

工讀生一邊撥電話給主管，一邊帶著哭腔解釋。然而，對方似乎沒接電話，只聽電話撥出的聲音嘟嘟作響，卻久久無人回應。正當經紀人也準備一起撥號時，工讀生的一句話，讓他猛然停下手上的動作。

「我也不太清楚，但我聽說是宋宥翰先生突然需要出外景拍雜誌。」

「妳剛才說誰？」

「演員宋宥翰先生。啊，請稍等，電話……啊！經理！夢想的人來工作室，說要拍形象照……」

順利撥通電話的工讀生，用急促的語氣交代了情況。也不知道電話那頭說了些什麼，只見她面有難色地默默聽著，不時用眼角餘光偷瞄我跟經紀人。不用想也知道，對方一定是說自己趕不回來。掛掉電話之後，她大概就會跟我們道歉了。但我先聽見的，卻是來自另一個人的道歉。

「對不起。」

囁嚅般的道歉自耳邊傳來，我轉頭一看，發現經紀人正低著頭。

「大概是明新想針對我，連帶影響到你了……」

我早就在天臺聽到明新的通話內容，並沒有對此感到太過驚訝。我本想告訴他「沒關係」，最後還是沒有開口。為什麼要感到愧疚？不就是拍個照嗎？

「不是可以去其他地方拍嗎？」

被我這麼一問，經紀人馬上露出為難的神情。

「喔……那個，這裡有跟公司簽約，如果要去其他地方拍攝，需要先向上級請示才行，不然就要自掏腰包，只是，呃，我現在手頭……」

「……」

「不過，沒關係！雖然你的合約只簽一個月，需要盡快拍好照片跟確認……但你別擔心！公司還有幾個攝影師，也可以使出終極手段，隨便請一個……」

隨便請一個？你之前不是一直強調攝影師很重要嗎？看來此刻最該冷靜下來

的，反倒是經紀人自己。不過我似乎沒有插嘴的餘地。

「泰民，今天我們先回去，後天重新約好時間再來。請問後天可以拍攝嗎？」

經紀人詢問掛斷電話的工讀生，手上拿著行事曆的她，再次露出快要哭出來的表情。

「那個……他們說這整個月的工作都排滿了，叫我不要接受預約。」

「什麼？唉，那我們……」

經紀人提高嗓門後，似乎想起工讀生是無辜的，這才壓抑住怒氣，降低音量。

「先幫我安排一個可以拍攝的日期吧，要我們半夜過來也行，所以……」

後面那句話聲音小得我根本聽不見，只聽得出是拜託工讀生的語氣。在經紀人又再三請託，請她有空閒的時段就跟我們聯絡之後，我們終於走出工作室。他似乎覺得這件事是他的錯，而那句一直在我嘴邊徘徊的「沒關係」終究沒說出口。

「嚇到了吧？哈哈，在這個圈子，約好的事情常會有變動。」

強顏歡笑的他，臉上的肌肉微微顫動著。感覺現在無論說什麼，他都聽不進去，我只能默默點頭，坐上他的老舊轎車。接著，他可能是想轉換氣氛，遞出了幾張紙給我。

「我初步安排了你接下來的行程。」

紙頁上，羅列著一整天的練習課程。發聲、發音、動作、舞蹈……從早到晚排得密密麻麻的行程表中，每天都有一到兩個小時被標示為紅色。經紀人指著那部分向我解釋。

「這些是公司提供的課程，大部分的人在進來之前就有基礎了，你要跟上的話可能會比較辛苦。但有志者事竟成，你不用擔心。」

我還是一樣毫不擔心，而這次依舊沒有我插嘴的餘地。原定拍形象照的時間空出來了，經紀人建議我今天提前去聽一堂課，便著手打了電話。但通話內容聽起來跟稍早的情況大同小異。

「……什麼？不收我帶的演員？這是公司提供的課程，那是什麼意思……因為他還沒有經過驗證?!不就是什麼都不會才需要學嗎！而且合約上也有寫會提供……」

不自覺提高音量的經紀人忽然不說話了。當我忍不住懷疑他是不是連呼吸都停止了的時候，他才用喃喃自語般的音量說道。

「……是宋宥翰嗎？那個孩子……喂？喂?!」

對方好像直接掛斷電話，經紀人呆滯地低頭看著手機。不太清楚到底是怎麼回事，能確定的只有我今天的行程應該空了。我把目光從經紀人身上挪開，低頭看了看拿在手上的紙頁。

一整週的行程，詳細到以分鐘為單位，密密麻麻寫滿整張紙，而那樣詳盡的行程安排足足有四張之多。想必是經紀人為了我這個只簽訂一個月合約的演員費心安排的吧。

「泰民，真的很對不起，這是……」

他好像又說了一些話，但我顧著回想其他事情，根本沒聽進去。我沒有任何權勢，我向來十分清楚，也一直努力想找出解決辦法，但或許……機會說不定早就降臨在我身上了。只不過對方是個麻煩人物，我擔心會衍生出不必要的麻煩，下意識排除掉了——那個在天臺遇見的 Psychopath。不過，他說得沒錯，就憑我又能做些什麼？我不該挑三揀四，而是要把握所有機會才對，即使是令人不爽的機會。

「先回公司……」

啪。我抓住經紀人的手臂，打斷了他的話，他一臉狐疑地回望過來。

「會失望的。」

經紀人一臉莫名地反問。

「失望？誰？」

我簡潔有力地說出了一個名字。

「宋明新。」

「什麼意思？」

經紀人一頭霧水地繼續追問，我卻拋出了另一個問題。

「經紀人覺得我怎麼樣？」

「嗯？什麼？」

「看起來很有趣嗎？」

「比起有趣，應該說偶爾會令人頭痛嗎？」

他的回答意外真摯，我對他露出淺淺的微笑，拿起手機，找到先前保存的號碼，按下了撥號鍵。

「神經病」

當這三個字顯示在螢幕上後，電話發出接通的嘟嘟聲，沒過多久，熟悉且溫柔的聲音從電話裡傳來。

『喂？』

「我可以成為你的人。」

感受到身旁經紀人異樣的眼光，我拿著沒有任何回應的電話，冷漠地繼續說道。

「所以先把訂金交出來。」

不久後，耳邊傳來他帶著低笑的疑問。

『擁有你，我有什麼好處？』

好處？這個嘛……

「偶爾會讓你頭痛吧。喔，對了，不接受退貨。」

——喀。

確定車門關上後，我背靠在汽車座椅上。是後半段電話下車講的緣故嗎？只聽見前半段的經紀人，表情摻雜著十足的擔憂與好奇。

「是誰？到底是誰，居然說『可以成為你的人』？而且訂金又是什麼？」

雖然知道這個壞習慣對別人不太禮貌，為了逃避回答，我還是用另一個提問來回應。

「經紀人覺得最頂尖的是誰？」

「最頂尖？」

「拍照。」

他眨了眨眼睛，定定望著我，沒有回答，我只好稍微透露。

「有人決定幫我了。」

「誰？」

這才想到，我沒有問過他的名字。

「我不知道。」

我如實回答後，經紀人的表情瞬間垮掉。

「不知道？如果你是在開玩笑……」

「我真的不知道，但我知道一件事。」

他急切地反問我是什麼事，我告訴他——

「他比明新厲害。」

「……」

「哪個攝影師比較會拍照？」

「論拍照，我認為李攝影師是最厲害的，但他是個怪咖，只拍他想拍的人，很難臨時跟他約，而且他在其他方面也有一些問題……不對，重點是，比明新厲害的人是誰？他是做什麼的？你怎麼知道他比明新厲害？」

看來轉移話題是行不通了。但問題是，我對他幾乎一無所知。

「我看過明新對那個人唯唯諾諾的樣子。」

我認為這句話足以說明一切。在天臺看見的明新，在強者面前卑躬屈膝，盡顯小人的本色。那種情況我見多了，每個群體都有憑借本能發現誰是強者，自己貼上去的傢伙。即使會惹人反感、被人責罵，但因實力不怎麼樣，不會有人特別提防。

問題出在城府深、一心想成為領導者的那種人身上。我曾看過一個野心勃勃的傢伙，只是耍了些小聰明跟小把戲，就讓整個群體分崩離析。這種人比外表看似強大的人更危險，也更令人頭痛。儘管我認為每個人各有不同，但其中依然存在著相似的類型。

明新就是這種類型的人。

他既不是當領導者的料，又會試圖透過一些手段讓自己爬到高位。所以他的行動很好預測，只要他願意低頭，就表示那個人比他更厲害。我認為這是無須加以說明的簡單道理，但經紀人卻眉頭深鎖地反問。

「只憑這一點，你就去拜託一個來路不明的人？」

「是的。」

原本靜靜看著我的他，小聲咕噥。

「你好像是跟著感覺走的人。」

這不是理所當然的嗎？大家都是跟著感覺走的吧。我本想回嘴，但經紀人接下來的話，讓我閉上了嘴巴。

「要是你拜託的對象是個危險人物怎麼辦？而且萬一他答應幫你，卻提出奇怪的要求，你又該怎麼辦？」

不知為何，本來一直含糊其辭的他，忽然坦白了內心的擔憂。

「我個人對攀上金主抱持反對立場，但你說過要復仇，我本來想說隨你去吧，可是跟一個來路不明的人扯上關係……」

「經紀人，難道要繼續被明新害得什麼事都做不了，就這麼虛耗一個月？」

「……」

「而且我看起來很好欺負嗎？」

問完之後，我靜靜凝視著他。他屏住呼吸似的一動也不動，然後嘆了口氣，鬆口回答。

「沒有。」

「那就放心把這件事交給我，出發吧。」

最終，一臉無奈的經紀人一邊說著「知道了」，一邊發動了車子。

接著，他忽然轉頭看我。

「要去哪？」

跟第一次去的攝影工作室差不多的景象映入眼簾。沒有任何一扇窗戶、宛如倉庫的室內堆滿不知名的機器，一束燈光正好打在中間的白色背景上。據說近期最受歡迎、經紀人認為最能抓住模特兒神韻的攝影師的工作室，跟前一個地點一樣冷清。

「老師今天沒有棚拍行程，也沒有跟夢想約時間。」

屋內唯一在操作電腦的年輕男人語帶驚慌，翻找著寫滿行程的記事本。經紀人輕輕瞥了我一眼。而他信心滿滿的眼神，跟他進入工作室前，向我確認的眼神如出一轍。

「他說過會幫你吧？」

他反覆詢問了好幾次，問到後來我都懶得點頭了。

「雖然沒約好時間，但我們非拍不可。請問李攝影師在哪裡？他看到我們，就會知道要拍攝了。」

「他在樓上處理個人工作，並交代今天千萬不要打擾他……」

「哎呀，先請他下來吧！我們已經說好了，你不要擔心，趕快打給他就對了。」

聽經紀人語氣強硬，年輕男人露出半信半疑的神情，撥打了給某人的電話。過了一會兒，在經紀人的催促下連續撥出好幾通卻一直無人接聽的電話，終於撥通了。

只見年輕男人轉過身，悄聲向電話那頭說了些什麼。看見事情似乎順利進行，經紀人露出欣慰的神色，向我解釋。

「他年紀輕輕就創立工作室，從這點就能看出李攝影師的實力絕對是頂尖的，但他為人固執，如果是他不滿意的模特兒，他絕對不拍，所以我有點擔心。但電話裡的人說過會幫你，他應該不會拒絕吧。」

我聽著經紀人繼續稱讚李攝影師，而一旁的年輕男人結束通話後，再次把目光轉向他。只見他臉色鐵青，為難地向我們開口。

「老師準備下來了，可是……他大發雷霆。」

「嗯？大發雷霆？」

經紀人驚訝地反問後，瞄了我一眼，但見我面不改色，似乎又產生了信心，勉強擠出笑容。

「那應該是李攝影師還沒有接獲通知。別擔心，很快就會有人聯絡他的。」

「請問是誰會聯絡他呢？」

「喔，那個……」

經紀人本想中氣十足地回應，又忍不住偷偷瞄了我一眼。接著，他用年輕男人聽不到的音量，對我耳語。

「咳咳，我不是在懷疑你，但你確定吧？」

「我姑且先相信，所以那位李攝影師一定會幫我拍照。」

我果斷回答後，經紀人面露安心，把頭轉了回去。

「哈哈，反正一定會有人聯絡李攝影師。」

「所以是什麼人？」

「……很厲害的人？」

「什麼？」

正當年輕男人一陣傻眼，張大嘴巴要說些什麼的時候，某處傳來了乒乒乓乓的聲音——暴躁走下樓梯的沉重腳步聲，聽起來格外響亮。

因位處地下室而越來越大的聲音，很快變成了「匡」的開門聲，接著，是一陣震耳欲聾的咆哮。

「媽的！是哪個傢伙跑來打擾我?!」

氣憤地開門走進來的人，正如經紀人所說，是個外表看起來三十歲出頭的年輕人。而他身上，只穿著一條內褲。

俗話說，世界上最有趣的事情是看人吵架或隔岸觀火，但如果這種場面反覆上演，當然也會看膩。

「我說過不准打擾我了吧？你找死啊？」

「老師，我不是故意打擾您的，是來自夢想的這位……呃啊，請你說句話吧！不是說聯絡好了嗎？」

「啊，會有人聯絡的！真的會有啦！嘿，李攝影師，你不是認識我嗎？我看起來像是會說謊的人嗎？」

「崔社長，這跟我認不認識你無關！我沒有接獲通知。而且我說你，我不是說過了嗎？不管發生什麼事，都不准打擾我！」

「老師！我也是那樣說的。但這位一直說已經安排好了，我真的沒辦法……經紀人，這不是根本沒人聯絡嗎！」

「真的會有人聯絡啦！李攝影師，你明明就認識我，卻還是懷疑我嗎？嗯？你就這麼不相信我嗎？」

「我才見過你幾次，就要無條件相信你？而且問題不在這裡吧！我沒有收到任何聯絡。還有你！我在電話裡就已經說了，你為什麼不自己看著辦，非要打擾我？想被炒魷魚是不是？」

「呃啊！老師，為什麼要這樣對我？因為這位經紀人先生說有人會跟您聯絡……」

宛如樂譜上被標記了反覆記號，三個人圍站成一個三角形，反覆說著已經重複過無數次的話。看著他們的樣子，我忍不住心生疑惑——他們是不是很樂在其中啊？我帶著疑惑挪動腳步，走到燈光照射的白色背景布幕前方。我站在中間，慢慢環視周遭的機器。

這些就是我未來必須習慣的東西吧。我並沒有特別畏懼或害怕，一方面是我的個性本來就大膽，另一方面是我不理解為何有些人會對鏡頭感到緊張。那只不過是臺機器，根本沒理由在它面前緊張吧？

就這麼站著欣賞完周遭的器械後，我發現四周不知不覺安靜了下來。我挪動目光，才發現三人正各自用不同的眼神盯著我看——好奇、皺眉以及擔憂。其中，皺著一張臉的年輕男人走了出來。

「那裡不可以隨便進……」

他招手要我出來，但話還沒說完，就被我打斷了。

「不是說李攝影師只拍他想拍的人嗎？」

我對著眼帶好奇的李攝影師發問。被我這麼一問，穿著內褲的他挑起了一邊的眉毛。

「對。」

「那不管有沒有接獲通知都沒差吧？」

這件事本來就是他看到我之後，才會決定的。聽懂我言外之意的他，靜靜凝視了我一陣子，然後把頭側向一旁，忽然說道。

「把衣服脫掉看看。」

這個要求十分唐突，但我不介意，便照著他的話做了。我雙手交叉，抓住T恤下緣掀起衣服。等衣服掀過頭頂、手臂也抽出衣袖後，我一把將T恤丟在地上，赤裸著上半身面對他。裸露出來的皮膚感受到一絲涼意，但對於不怕冷的我來說毫無影響。

我也並不覺得難為情，畢竟眼前有個更暴露的人在。李攝影師是不是擔心被拍攝的對象會放不開，所以自己打扮成更羞恥的樣子？在我懷疑他的同時，他也仔細觀察著我的身體，久到我都開始覺得無聊了。我默默接收著他逡巡的目光，聽見他突然開口問道。

「你做過粗工嗎？這不是健身練出的肌肉。」

聽見他的猜測，站在一旁的經紀人急忙解釋。

「哈哈，哪會做粗工呢，泰民本來是送宅配的，因為搬貨物的關係……」

「我當過粗工。」

「唰」的一聲，經紀人以極快的速度轉過頭，詫異地看向我。

「什麼？你不是送宅配的嗎？應該在物流中心工作到深夜，不是嗎？」

「對，那是平日。」

「……」

「粗工都是週末做的。」

「那你什麼時候休息？」

「不休息。」

不知道為何，經紀人的表情僵住了。我把目光轉移到李攝影師身上，他的眼神閃過一瞬笑意，又若無其事地恢復原狀，並送出一句話。

「喔，很普通嘛。」

聽見他的評價，站在一旁的經紀人試圖插嘴，但李攝影師伸手阻止了他。

「也沒有特別帥，這種外表在演藝圈多得是。就算曾經被誇過，在這裡也什麼都不是。單論外表的話，他連中段班都擠不進去，頂多撐過一、兩年，發現拋頭露面也一事無成後，就會跑去創業做生意了，而且還會因為幾乎沒人認得，很快就倒店了。」

他預測我未來的最後一段話語帶嘲諷。經紀人似乎有些憤怒，表情僵硬地低聲叫住李攝影師，但他反駁的聲音馬上又被我的問題蓋過。

「所以不想幫我拍嗎？」

聽到我直截了當的提問，他的嘴角微微上揚。

「不是。」

「那就是可以拍囉。」

我的結論讓他微微上揚的嘴角笑得更開心了，只見他對著經紀人說道。

「你是從哪裡撿到那小子的？越看越被他吸引了呢。」

「對吧？看久了，是不是就想幫他拍照了？那趕快幫他拍一拍吧。」

經紀人的表情本來還略顯緊張，聽他這麼一說，立刻徹底放鬆，露出笑容。

「好，我可以拍。不過，要答應我一個要求。」

「李攝影師都開口了，當然沒問題……但那件事不行！」

我不知道「那件事」指的是什麼，但經紀人說話的表情忽然變得很可怕。只聽李攝影師一臉沮喪地咕噥道。

「哎喲，我不會碰他啦。」

「所以是什麼要求？」

經紀人警戒地提高音調，李攝影師彷彿從未沮喪般露出淺笑，指著我說。

「我正在進行一項個人工作計畫，想讓他加入。」

聽見這番話，鬆了一口氣的經紀人安心地點點頭。

「如果是工作，我們當然歡迎囉。是什麼計畫？」

「裸照。」

「哈哈，裸……你說什麼？」

笑容瞬間僵掉的經紀人，惡狠狠地瞪向對方。被那眼神嚇到的李攝影師，趕緊用懇求的語氣說道。

「哎喲，崔社長，讓我拍嘛。我一直很想拍攝那種身材！我想拍出自然呈現生活之美的真實肉體，而不是刻意鍛鍊的肌肉！」

「絕對不可以。」

「我願意。」

唰——風聲又出現了。我有點擔心再這樣下去，經紀人會罹患椎間盤突出，但我把這種胡思亂想拋諸腦後，再次重複了一遍——

「我願意拍裸照。」

因為我答應拍裸照而欣喜若狂的李攝影師，說要先替我拍形象照，就穿著內褲跑掉了。接下來，年輕男人找來了造型師與化妝師，馬不停蹄地開始檢查設備，四周馬上變得鬧哄哄的。可能李攝影師平時也會突然開始工作，臨時被叫來的人們沒有絲毫埋怨，反而習以為常似的流暢進行工作。

在那段時間裡，我被帶到小房間試穿了幾套衣服、化了簡單的妝容與做了頭髮造型。不到一小時，一切就已準備就緒。在萬事俱備，只差開拍的情況下，經紀人把其他人請了出去，然後關上門。鎖門聲響起的同時，經紀人面色凝重地走向我。

「泰民，我們談一談。」

我說「好」之後，他便坐到我對面，不分青紅皂白地問出一連串問題。

「你答應拍裸照，到底在想什麼？你知道裸照是什麼嗎？是全身脫光光、一絲不掛的裸體拍攝耶。你居然說你願意？認真的嗎？那之後可能成為你的汙點……

啊，如果是李攝影師拍的，藝術性應該會受到認可，但那一定會嚴重影響你的形象。即便如此，你還是要拍嗎？」

「對。」

「你、你真的不怕嗎？唉，泰民，就算不拍裸照，電話裡的人也說過會幫你，所以你可以只拍形象照就好……」

「……」

「那個人真的有說會幫你吧？」

我點點頭。

「他說會請李攝影師幫你拍照？」

「不是。」

「嗯，好，不是。什麼？不是嗎?!」

喀啦——經紀人猛然站起，往後傾倒的椅子發出吵雜的聲音，不過瞬間就被經紀人的大喊蓋過。

「那是什麼意思?!不是他答應要幫忙，你才說要來這裡的嗎?!」

「對，但我沒說過他要幫忙這件事。」

「可、可是我問你確不確定的時候，你不是說你相信嗎？還說你確定李攝影師會為你拍攝。」

我看著他慌張漲紅的臉，點了點頭。

「對，我相信啊，相信你。」

「什麼？相信我……」

「你不是說李攝影師只拍自己想拍的人嗎？我認為他見到我，就會想拍我。」

我對著一臉匪夷所思的他，繼續緩緩說道。

「不是你發掘我的嗎？你說過我有迷人的魅力，我認為李攝影師一定也能看見相同的特質。」

「所以你相信的……是我看人的眼光？」

「對。」

「要是李攝影師不想幫你拍呢？」

不知為何，我感覺他的聲音正微微顫抖。

「那是不可能的。他不是你心中最頂尖的攝影師嗎？」

——你的眼光不可能出錯。

儘管沒有說完後面這句話，但他好像已經聽懂了，瞬間陷入一陣短暫的沉默。

在那沉默之中，經紀人提高的嗓門，以及臉上激動的表情都消失了。

「那為什麼放任我誤會？你進來之前，不是還打電話確認過嗎？我以為你是打給幫助你的人，原來不是嗎？」

「我打給電話銀行，確認戶頭餘額。」

「莫名其妙打電話確認？」

「不，你說過拍照很花錢，我確認了一下戶頭裡剩下多少錢。」

「……」

「而且之所以沒有解開誤會，是因為我很欣賞經紀人的樣子。」

「我被騙的樣子？」

我對著皺眉的他搖搖頭。

「理直氣壯到厚臉皮的程度，去拜託、去逼迫對方的樣子。以前你總是畏畏縮縮、垂頭喪氣的，但李攝影師穿著一條內褲衝下來罵人時，你反而笑著跟他一起大吼大叫，做得很棒。」

我露出讚揚的微笑，而他低頭盯著我看了一陣子，才扶起翻倒的椅子坐了回去。

「……我本來就是那樣。」他小聲咕噥後，繼續說道：「我以前本來就很擅長厚著臉皮拜託別人。是說，我現在看起來畏畏縮縮的嗎？」

我沒有回答，但他不以為意，露出無力的笑容。

「這樣啊？畏畏縮縮、垂頭喪氣啊。」

叩叩。在幾聲敲門聲後，門外的人說拍攝準備已經就緒，要我趕緊出去。我從座位上站起身，而經紀人也跟著站了起來，恢復成平常的語氣，輕輕說了一句。

「謝謝。」

我回頭瞥了他一眼，看見他露出淺笑。

「謝謝你相信我。」

——不用客氣，因為我能相信的人也只有你了。

但我認為還是別說實話比較好，於是靜靜握住門把，就在那時，他又問了一個問題。

「所以你到底拜託那個人什麼？」

「沒什麼。」

是啊，沒什麼。

『擁有你，我有什麼好處？』

「偶爾會讓你頭痛吧。喔，對了，不接受退貨。」

『真有趣，但我不喜歡。』

「為什麼？」

『因為讓人頭痛這件事，我比你更在行。』

「……」

『如果只有那些爛條件，就掛掉電話，別來煩我。』

他的語氣冷淡非常，只要稍微懂得察言觀色的人，應該都會直接掛掉電話。幸好我從不看人臉色。

「如果嫌煩，你自己掛斷不就好了。」

我聽見他短促地笑了一聲，接著說道。

『所以呢？』

所以呢？這次我該識相點了，畢竟我現在必須留住他。可是該怎麼做？我是個窮光蛋，目前也沒本事讓他頭痛。不過，就如同我不看別人臉色，我的臉皮也十分厚實。

「你就投資我吧，別等我變得有趣之後再來後悔。」

『也可能變成更煩人的存在。』

斬釘截鐵的聲音，簡直冷淡得令人死心，我甚至以為自己失敗了。正當我在內心咒罵著「可惡」時，他卻改用冷漠的語氣繼續說道。

『好，我付訂金。』

什麼？

『不過，你要確實提升你的價值，引起我的興趣。否則要是你變成煩人的存在，你那毫無用處的身體，就等著被我生吞活剝吧。』

「……」

『所以你想要的訂金是什麼？』

「你在公司能夠動用多大的權力？」

『遠比你想像中大。』

「那幫我懲處一個員工。」

『誰？』

「我的經紀人。」

喀嚓、喀嚓、喀嚓。

相機的快門聲在屋內迴盪，刺眼的燈光從頭頂灑落，人們的視線同時聚集在我身上。鼓譟的交談、機械的運轉、相機的快門，以及李攝影師命令我的聲音混雜交織在一起。

「下巴抬高！」

喀嚓。

「斜眼看我！」

喀嚓、喀嚓。

「不要用瞪的，溫柔一點，要像凝視愛人一樣！」

喀嚓。

我感到一陣暈眩，彷彿置身漩渦中央，整個人暈頭轉向。我能做的，就只有專心聆聽指令，然後照做而已，根本無暇顧及自己看起來如何、露出了什麼表情。原以為站在鏡頭前沒什麼大不了的，沒想到實際體驗卻比想像中尷尬，讓我整個人有些慌亂。

李攝影師在按下快門的同時，口中也不斷發號施令，因為一直沒有達到他的要求，那種尷尬的感覺變得更加強烈了。雖然被指責好幾次肩膀要放鬆，但僵硬的身體都動了好一陣子後，我的腦袋才反應過來。正當我心想自己的樣子一定蠢到極點時，只聽停下拍攝的李攝影師問道。

「你很少站在鏡頭前面吧？」

他似乎在調整相機，低頭看著小小的螢幕。

「身體跟木棍一樣僵硬，表情也很單調。」

「……」

「但你沒有迴避目光，也沒有露出驚慌或害羞的表情。」

他抬起頭，臉上掛著驚喜的微笑。其實這種程度已經讓我相當慌張了，但我認為沒必要說出來，所以一直保持沉默。見我沒有任何反應，他似乎誤以為我生氣了，笑著聳聳肩。

「喔，我只是覺得很神奇，因為能夠不顧周遭，只專注盯著鏡頭的人很少見。你本來就這麼大膽嗎？」

那股注視我的目光，夾雜著些許期待。是我的錯覺嗎？感覺他似乎興高采烈地等待著我的回應。雖然略有不同，但我也接收過類似的目光。在我還是飆車族老大時，一些剛加入的小混混便會用那種崇拜的眼神看著討債的我。那種眼神好似相信我接下來要說的每一句話，都是符合他們期待的帥氣臺詞。

當時的我為了呼應他們的期待，會故意說一些虛張聲勢的幼稚言論。基於過去喜歡出風頭的個性，如果說現在沒有絲毫猶豫，那一定是騙人的吧。我甚至想開口說出諸如「我不怕」或「正如你認為的那樣，我是個神奇的傢伙」這種囂張

臺詞。畢竟不管怎麼樣，獲得李攝影師的青睞都沒有任何損失。不過，與我的煩惱不同，答案輕而易舉地脫口而出——

「不是。」

我還顧著周遭的人們、高聳的天花板，以及各種機器，然後緩緩地繼續說道。

「我現在很害怕，我只是擅於隱藏。」

可能有人會說，這樣回答是因為我改變了，但原因並沒有那麼偉大。我只是清晰地認知到自己此刻是何種身分，並做出相應的回應罷了。

幸好李攝影師沒有對我的答案感到失望，只見他把頭側向一旁，嘴角再次綻出微笑。

「哇——本來以為你只是穩重的類型，真是越看越吸引我。」

「嘿，李泰民先生，我可以好好栽培你，如果是男人，你也可以……」

眼神發亮、喃喃自語的他，朝我走近一步。

「咳咳！」

一陣劇烈的咳嗽猛地傳來，經紀人的手「啪」地搭上李攝影師的肩膀。

「我們家泰民由我來栽培就好了，請李攝影師不要擔心，趕快繼續拍照吧。」

他被突然出現的經紀人嚇了一跳，皺起臉回話。

「我可以把他栽培得更……」

「我會把他栽培得更、更好。」

經紀人瞪大眼睛反駁後，李攝影師立刻激動地反問。

「如果我有辦法把他栽培得更、更、更好呢？」

「不可能，因為我一定會把他栽培得更、更、更、更好！」

「那只是你自以為而已，要是我把他栽培得更、更、更、更、更、更好……」

不是說他們是業界頂尖人士嗎？

看著兩人幼稚的對話，我不禁開始懷疑他們是不是聯手詐騙我。這時，過來為我補妝的女人笑著跟我搭話。

「李老師好像不是普通地喜歡你耶，他最近就連開玩笑的時候，也不會當面說要栽培誰。」

既然說是「最近」，表示以前會囉？

我看著對話越發激烈的兩人開始用手指計算自己到底說了多少次的「更」，轉頭問她。

「為什麼最近不說了？」

我故意裝出一副不感興趣、隨口一問的樣子，而她也隨意答道。

「因為他被失戀傷得很重，在那之後，就宣布他以後談戀愛只會隨便玩玩了。嗯，就算隨便玩玩，他也只有被甩的分。啊，這些話要幫我保密喔。」

我對著輕笑的化妝師點點頭，但疑問依舊在腦海中盤旋。在兩人爭執不休的愚蠢行徑中，有一點讓我很是在意。

「讓他失戀的藝人，跟我的經紀人有關係嗎？」

我認為經紀人激動的樣子有點過於誇張了，相較之下，以當紅攝影師的身分占了上風的李攝影師，眼神卻流露著沮喪。經紀人一開始提到李攝影師時，曾經說過他有問題，這點也讓我很在意。問題沒有得到任何回覆，於是我直盯著女人，她一臉為難，轉頭看向仍在爭論的兩人。兩人的鬥嘴已經演變成指責對方算錯「更」字出現幾次的數學問題了。

「嗯，雖然不應該說出來，但你待在這個圈子，總有一天也會聽說……就是你想的那樣沒錯。」

她的回答，讓我按捺不住嘴角的笑意。在不喜歡找金主的經紀人的前公司旗下待過，又能應付李攝影師的男藝人想必不多。居然讓我不管到了哪裡，都能聽到你的名字啊？宋明新。

「原來是宋宥翰啊。」

儘管對方什麼話都沒說，不過沒關係，她驚訝的眼神已經明明白白地告訴我——被我說中了。

歷經兩小時的拍攝作業，只剩下最後的修圖環節，不過需要我參與的部分已經結束了。經紀人說要留下來挑照片，於是我先行上樓，前往停車的地方。可能是做著不熟悉的事情，精神緊繃的我感到一陣疲憊，正當我想回到車上休息時，有人從身後叫住了我。

「咳咳，李泰民先生。」

我在停車場入口停下腳步，轉身一看，發現是李攝影師。他似乎擔心有人會追上來，一邊回頭，一邊快步跑了過來，然後再次清了清喉嚨。

「咳咳，你要去哪裡？」

「停車場。」

「為什麼要去停車場？」

「想在經紀人的車上休息一下。」

我剛說完，他忽然眼睛一亮。

「你累了嗎？那正好！你要休息的話，我的住處就在二樓，你過去休息吧！

我們也可以在那裡討論裸照的事——」

他開心地指著上面，害我也不自覺抬起頭，回答他道。

「不用了。」

沒有聽見他的回應，我低頭一看，發現李攝影師的手舉在半空中，整個人都僵住了。

「……為什麼？是崔社長……崔經紀人的關係嗎？」

「不是。」

「不然呢？是因為……討厭我嗎？你會排斥男人嗎？」

大概三十二、三十三歲嗎？眼角帶著淺淺細紋的他，看起來差不多到那個年紀了，但他臉上顯露的失望表情，簡直和小孩子一模一樣。我不禁心想，要是他沒有攝影的才華，大概很難在世界上生存。不對，或許正是因為他有才華，才依然保有那種個性。就像他即使嚴重失戀，仍可以藉由找到新歡走出情傷一樣。

或許大部分的人都是如此。即使失戀、遭受背叛，依舊會像李攝影師或經紀人一樣不選擇復仇，所以明新才能爬到現在的位置。不過，並非世上所有人都是如此，明新說不定也忽略了這一點。他大概怎麼也沒想到，真的會有人願意耗費時間與心力，想把自己遭遇的一切全數奉還回去，例如我。

「我不討厭你，也不排斥男人，但也完全沒有想跟你上床的欲望。所以請你另尋其他可以幫你走出情傷的對象吧。」

坦白說，當聽到他被明新狠狠甩了的時候，我不是沒想過要利用他。不過，不希望對明新復仇卻被牽扯進來的人，有經紀人一個就夠了。雖說李攝影師遭到背叛後，下定決心再也不跟藝人交往，但也不知道他是否會改變想法，所以我才故意表現出冷淡的態度。只見表情僵住的他，過了一段時間才再次開口。

「哇……怎麼辦！我真的要被你迷住了！」

蛤？我皺起眉頭，以為自己聽錯了，他卻用興奮的語氣證實了我的耳朵沒有任何問題。

「沒關係，對我沒感覺也無妨！只要你跟我上床，我什麼都願意做，可以嗎？」

他跟經紀人不是同一種人，他就只是個笨蛋。

「你想要什麼？我人脈超廣，可以馬上安排你去拍商業廣告。或是說，我有認識的電影導演，可以直接讓你飾演……」

「不需要勞煩你！」

幸好，一句大喊打斷了李攝影師的滔滔不絕。氣喘吁吁跑來的經紀人，直接擋在我面前。他瞪大雙眼，抬起下巴。

「夠了！我的演員我自己栽培，不用你管。」

「可是他想要的東西，我也給得起啊！」

「什麼？你又知道他想要什麼東西了？泰民，要對明新復仇的事情，你都跟他說了？」

不是吧，你知道自己在說什麼嗎？早在你對初次見面的宅配員透露你在煩惱孩子們的補習費時，我就該發現你口風不緊了。不幸的是，我還來不及更正經紀人的說詞，一旁豎起耳朵的李攝影師就先給出了回應。

「復仇？什麼？你是為了復仇才成為藝人的嗎？明新是誰啊？」

直到這時，經紀人才發現自己說漏嘴了，忍不住倒抽了一口氣，可惜李攝影師的頭腦已經光速運轉完畢。

「啊，明新不就是宋宥翰的本名嗎？」

「嚇！李攝影師，你居然知道宥翰的本名？」

經紀人又親切地替他證實了一次。眼睛瞪得大到不能再大的李攝影師，猛然轉頭看向我。

「哇，你真的要對宥翰復仇？太爽了吧——」

我沒有看他，而是轉頭看向經紀人。與我四目相交的他，嚇得縮了一下肩膀，退後了一步。他趕緊伸出手，抓住激動的李攝影師的手臂。

「哎喲，李攝影師，我、我是開玩笑的啦，哈哈，哪有什麼復仇……」

經紀人笨拙地進行遲來的辯解，只不過，這拙劣的藉口就連李攝影師這個笨蛋也不信。

「哎呀，你在說什麼啊？崔社長，你的想法都寫在臉上了，剛才那番話絕對是真的。所以你也想復仇囉？啊啊，那也算我一份！我也想復仇！」

突然之間，我有點不想復仇了。

接到那通電話，是在我們簡單吃完晚餐，返回公司的路上。在回程路上，經紀人不斷的辯解都快讓我耳朵長繭了。

「別擔心，哈哈——李攝影師那邊，只要請他喝個酒，洗腦他一切都是玩笑就好，你別擔心。真的啦！」

總感覺他想洗腦的不是李攝影師，而是我。正當我越來越煩躁，想制止他繼續說下去時，微小的震動聲倏然從某處傳來。

「李攝影師酒量不好，只要跟他說那是開玩笑的，重複個一百次……」

「你的電話。」

我指著他架在車上的手機。他停下碎念，看了一下手機，高興地把車停到路邊，趕緊戴起耳機。我很好奇是誰讓他那麼開心，於是悄悄瞥了一眼，只見「朴室長」三個字清晰地顯示在螢幕上。喔，愛哭鬼朴室長。我回想著他面試我的樣子，發現身旁的經紀人傳來的聲音不太對勁。

「……什麼？朴室長，那是什麼意思……為什麼我要被懲處？對……對，發生過那件事，但那不是抗議，只是本來承諾的課程突然被取消，我才問一下……」

本來逐漸提高音量的他，瞥了我一眼之後，又把音量降低。

「公司一開始承諾要安排課程，卻又擅自取消，這難道不是公司的錯嗎……我知道，我知道，可是朴室長，您有查過課程被取消的原因嗎？不，我不是要模糊重點。是您說我為了那件事向承辦員工抗議，必須受到懲處，我才會跟您解釋。而且如果連那種話都不能說，我要怎麼當經紀人……好，好……我了解了。」

喀。經紀人表情僵硬地掛斷電話，瞪著手機看了好一陣子，才開口說道。

「泰民，你不問我發生了什麼事嗎？」

「發生了什麼事？」

這麼問完後，他抬起頭來，雖然表情沒變，但平時和藹的眼神已經徹底黯淡，透露出憤怒的情緒。

「我早上不是為了你被取消的課程，打電話給負責人嗎？問題就出在那裡。據說有人檢舉我恐嚇員工，公司要制裁我。還說接下來一個月，不會支付基本活動經費。」

他露出無力的笑容，眼神仍然黯淡。我靜靜看著他，緩緩說道。

「那也沒辦法，只好放棄上課了。」

「……」

「我沒關係，又不是沒去上課就沒辦法學習。」

聽我說完之後，他僅剩的苦笑也消失了。

「我有關係，這件事根本不合理。承諾好的課程，因為明新施壓就取消，這件事本身就……」

越說越慢的他雙唇緊閉，若有所思地抬起頭來。

「對，打從一開始，犯錯的就是明新。可為什麼遭受懲處的是我？這可惡的小子。」

第一次聽見他罵明新，我露出了一個不明顯的笑容。

「那你接下來有什麼打算？」

「媽的，我要先去公司一趟，就算鬧得天翻地覆，也要導正錯誤。一開始就該直接去公司那麼做的，都是因為我跟你說的一樣，像個笨蛋一樣畏畏縮縮。」

自暴自棄的他粗魯地發動車子。感受到車子繼續向前行駛，我向經紀人開口道。

「比起直接去辦公室翻桌，不如先打一通電話試試？」

「什麼電話？」

滿臉疑惑的他轉過頭來看我，而我繼續說道。

「先打給朴室長吧。」

朴室長的辦公室在大樓頂樓。幹部辦公室基本都集中在這裡，走廊入口設有門禁，必須驗證身分才能進入。不過，多虧經紀人吼了朴室長幾句，讓我們被勉強放行。

我們踏在消音地毯上，走進了距離入口不遠的房間。接著，坐在小型辦公室的朴室長，表情僵硬地讓我們在他對面坐下。他知道我們要來抗議，便用充滿男子氣概的表情擺出一張臭臉，不過在知道他是個愛哭鬼後，這張臉的效果簡直大打折扣。

「崔經紀人，是你態度強硬，我才會先請你過來，聽聽你的說法，但就算你跟我抱怨也沒用。」

可能是想先發制人吧，他繼續對經紀人放話。

「我跟早上和你講電話的員工聯絡過了，他說你的確有向他抗議。雖然你似乎受到了不好的待遇，可是那……」

「原來您知道我是被誰搞的啊。」

經紀人插話後，朴室長一臉為難地閉上嘴巴。隨後，經紀人直接說出名字追問道。

「宥翰，是宋宥翰，對吧？」

「咳咳，這個嘛，我不太清楚。你可不能無憑無據就隨便亂說。」

「哈哈，證據我可以讓您看。」

與此同時，他拿出手機傳了封簡訊給某人。不久後，鈴聲響起，經紀人對著朴室長指了指電話，笑著說道。

「聽好囉。喂？是明新嗎？」

『你是什麼意思？什麼叫謝謝我，都是託我的福？』

明新不耐煩的聲音，透過擴音器傳了出來。經紀人一改先前畏畏縮縮的模樣，

露出狡猾的笑容。

「喔，我是在感謝你替我帶的新人操心，都是託你的福，多虧你帶走了工作室所有跟公司簽約的攝影師，我們才能去找ＸＸ工作室的李攝影師拍照。」

明新不敢置信地問道。

『李攝影師？』

經紀人笑得更大聲了。

「對，就是那個李攝影師，哈哈。而且因為你抗議公司提供的課程不是為了什麼都不懂的新人準備的，所以我也向公司抗議了。朴室長說，會另外幫忙安排專屬講師！如果這不是託你的福，還能是什麼呢？真的很感謝你，這次幫忙安排的講師曾經在大學授課……」

嗶，嗶，嗶——明新好像把電話掛斷了，手機喇叭只傳來重複的機械音。這時，經紀人放下手機，抬頭看著朴室長。

「萬一這次有人對您抗議專屬講師的事，就能證明我沒說錯了吧？」

朴室長似乎被經紀人的舉動搞得很頭痛，忍不住用手揉了揉額頭。

「是這樣沒錯，但你怎麼可以說那種一戳就破的謊？居然謊稱ＸＸ工作室的李攝影師幫他拍照，這只要一查證就……」

「那是真的。」

「什麼？」

「泰民剛到那裡拍完形象照。」

經紀人的語氣充滿自信。跟一開始抱著飲料奔跑、滿身大汗的大叔簡直判若兩人。他抬頭挺胸，直視著對方的眼睛。朴室長可能也被嚇到了，他眨眨眼睛，清了一下喉嚨。

「咳咳，那萬一沒人打來呢？」

「會打來的。」

「……」

「等電話打來以後，請讓泰民去上合約承諾的課程。我的活動經費沒了倒是無所謂。」

經紀人語氣篤定，朴室長靜靜凝視了他好一會兒，才點了點頭。

「好，我答應你。」

「謝謝您，朴室長。對了，泰民說有一件事他很好奇。」

他還記得我上樓前提出的請求，這麼對朴室長說著。聞言，朴室長立刻用警戒的眼神看向我，大概是面試那天的事依舊記憶猶新吧。

「嗯哼，好奇什麼事？」

「請告訴我是誰。」

「你指的是？」

「對你施壓、要你懲處我們經紀人的人。」

我之所以要求神經病懲處經紀人，背後有幾個原因。其中最大的原因，就是想知道他的真實身分。直接去問他本人當然是最容易的，但我想先透過自己的方式確認看看，看他是否真的厲害到能完成我的請求。而現在，機會終於來了，只是朴室長的反應有點奇怪。

「咦？」

他驚訝地張大眼睛，見狀我又追問了一次。

「坦白說，不是很奇怪嗎？又不是多嚴重的抗議，居然會被懲處？不覺得像有人故意要搞他嗎？」

雖然那個人就是我。

「喔，那個……那個……」

我瞇起眼睛，注視著驚慌到語無倫次的朴室長。他為什麼那麼驚訝？我有料到他不會輕易回答，卻沒想到他會那麼慌張。

「因為施壓的人是藝人嗎？」

聽見我的提問，旁觀的經紀人激動地大叫。

「藝人？難道又是宋宥翰？我要把這傢伙……」

「不、不是，不是宋宥翰，也不是藝人。」

他揮手強調後，換我變得有些不知所措。

嗯？不是藝人？所以是透過另一層關係要求的嗎？我皺著眉頭，再次向朴室長確認。

「真的不是藝人嗎？」

他點點頭。

「那你為什麼那麼慌張？」

我忍不住發問後，朴室長吞了吞口水，鬆口說道。

「我只是很驚訝，沒想到真的有人會問。」

真的有人會問？

「其實，我有接獲命令。」

「什麼樣的……命令？」

「如果有人問到決定懲處的人，就這樣回答。」

他眼神為難地看著我，勉為其難開口。

「管好你的兩百元吧，白痴。」

我轉過頭，努力忍住不罵出髒話。好，我認了，你的確更擅長令人頭痛。

經紀人與朴室長一直很好奇兩百元究竟是什麼，好不容易轉移話題後，我們又過了一陣子才走出公司。我婉拒了經紀人要送我回家的好意，獨自走向公車站。但我並沒有坐上回家的公車，而是搭上完全相反的方向。原因只有一個，就是我走出公司時，收到了一封彷彿算準時間寄出的簡訊，內文寫著一串店名與電話號碼，底下還附上一句——

——現在過來。

寄件人是「神經病」。

娛樂商圈夜晚的燈火比白天還要光彩奪目。在其他地方，現在已是結束疲憊日常，準備回家休息的時間；但在這裡，一天才正準備開始。擠得水洩不通的人群、綿延不斷的攤販商家、像烏龜一樣穿越小路的車輛，這些景象，和建築物傳出嬉鬧聲、剛開始熱鬧起來的娛樂商圈相互交織。

人們彷彿被催眠般，陶醉在這樣的氣氛中。不過，這些都與我無關。音樂、噪音、霓虹燈，那讓人紙醉金迷的誘惑並沒有勾起我任何興致。並不是我遺忘了和別人一起燈紅酒綠的快樂，興許是脫離這樣的生活太久，讓我變得麻木。可與其說是麻木，不如說能感受快樂的部分，似乎被鋒利的刀刃徹底從身上剝離。從五年前的那一天開始。

即使曾經的一切皆已事過境遷，我也無法再回到過去，一如我無法奔向五年前的那個瞬間。因此，我不能變回從前的自己。我停下腳步，抬頭看向掛在通往地下室入口的招牌。確定由一串英文組成的店名跟手機簡訊上一樣後，我抬腳走了進去。這時，原本站在入口附近的壯碩男人阻止了我。他身穿黑色西裝、戴著耳機，看起來是這間店的警衛。

「您不能往這邊走。」

我重新確認了店名，再次挪動腳步。沒有理會他的阻攔，我自顧自繼續移動，他趕緊張開手臂擋在我面前。

「這裡是會員制，僅限會員進出。」

「如果我是會員，你要怎麼辦？」

警衛頓了一下，遲疑地後退一步，在通往地下的階梯上，由下自上仰望著我。

就這樣打量了好一陣子，可能還是覺得我不符合標準吧，只聽他一臉狐疑地問道。

「您是會員嗎？」

「不是。」

我看著他扭曲的表情，指向他身後。

「但在樓下等我的人，應該是會員。」

警衛立刻道歉，並向對講機詢問。叫我來這種麻煩的地方，已經讓我很不悅了。當我開始感到不耐煩時，方才正在確認的警衛又一次問道。

「請問您同行的友人叫什麼名字？」

那個……

「方便告訴我，您同行的友人叫什麼名字嗎？」

「……」

「您要告訴我，我才能確認……」

「請幫我問問看，有沒有一個像神經病的人。」

「什麼？」

他提高音量，猛地皺起眉頭，露出一副要是我再繼續胡言亂語，就會用蠻力把我架走的樣子，讓我忍不住往後退了一大步。好吧，來到這裡我就已經仁至義盡，應該可以走了吧。我心想之後可以辯解說我有試著要找他，便直接轉身離開。正當我準備邁開腳步時，只聽有人急急忙忙跑上樓梯，喊了一聲我的名字。

「請問是李泰民先生嗎？」

反正不是本名，直接否認離開也行吧？我猶豫片刻，但他接下來脫口而出的話，讓我忍不住停了下來。

「啊，李泰民是假名，本名是兩百元，如果您是本人的話，樓下……」

轉頭一看才發現，對我本名感到驚訝的警衛，已經憋笑憋到臉都紅了。

我跟著深信我本名就是兩百元的店經理走進地下室。我以為擁有冗長英文名的店家，一般都是觥籌交錯的包廂型酒吧，沒想到這裡意外安靜，氣氛堪比高級餐廳。店內播放著古典音樂，天花板懸掛著水晶吊燈，耀眼的燈光照亮了掛在狹窄大廳各處的畫作。從大廳延伸出去的三條窄小通道，各自往不同方向彎折，讓人彷彿身處迷宮的正中央。

「這邊請。」

他小聲呼喚著停下來欣賞的我，帶我走進最左邊的走廊。

「第一次來的人很容易迷路，請務必跟緊。」

他似乎所言不假，在已經轉了好幾次彎，走進另一條走廊後，又出現奇異的岔路，要是沒有跟著店經理，恐怕真的會迷路。能夠作為標示的，只有排列在走廊兩側、樣式各異的門。店經理在其中一扇門前停下，把門打開，伸手指向裡面。

「可以請您在這裡稍等一下嗎？」

我走進跟一般酒店包廂差不多大小的房間，對準備關上門的店經理詢問。

「請問要等多久？」

正要關門的他停下動作，笑著回答。

「不會超過三十分鐘。」

喀啦。門闔上之後，我環視了一圈安靜的房間，無奈地坐到沙發邊緣確認時間。九點二十九分。就在我咕噥著「趕快出現」時，有人開門走了進來。

「您好。」

一個美麗的女人打了聲招呼，笑臉盈盈地向我走來。她的臉蛋輕施粉黛，肌膚看起來乾淨無瑕，簡直像從畫裡走出來的一樣。盤起的頭髮下方，修長的後頸在紅色小禮服的襯托下顯得異常白皙。她的漂亮程度，讓人即使走在路上，也會忍不住回頭看她一眼。而她手上端著托盤，上頭擺放著酒杯與洋酒。

看她的外表，我就知道她不單單只是送杯子的外場服務生。問題是，酒店公關為什麼會直接進到這個房間？我並不是沒來過這種地方，除非是常客，否則酒水跟公關小姐不可能直接送上門。我感到很是訝異，直愣愣地盯著坐到我身旁的她。感受到我的目光，她緊貼在我身旁，露出燦爛的微笑。

「想要在您等待的時候，陪您聊聊天。」

「我不需要。」

「喔，怕吵嗎？那我……」

「我說不需要了。」

我凝視著她，冷漠回應。漂亮女人的臉上閃過一絲驚慌，但我也無可奈何。依照我的經驗，這些酒店公關即使被包廂裡的人拒絕，也會念在對方是顧客的分上，不會直接離開。因此，就算說出來的話有些刺耳，也必須表達清楚才行。

「拿著這個滾出去。」

我指著酒和酒杯，低聲說道。女人屏住呼吸，看了我一眼，發現我是認真的之後，擠出了不安的笑容。

「是不喜歡我嗎？還是要改喝別種酒呢？」

不過片刻，她馬上恢復原本的活潑語氣。不僅外表漂亮，還非常有耐心。既然這裡是會員制，收費想必不是普通人能負擔的水準，那一瓶洋酒的價格，說不定能抵我半年的薪水。

「如果有喜歡的酒，可以直接告訴我，不用擔心費用，放鬆等待就好。」

她聲音溫柔，宛若清脆的鳥語。居然讓我免費品嘗那種高級的洋酒？真令人感激，不過——

「我不喝酒，請妳拿著它滾出去。」

第二次拒絕，終於讓她站了起來，不過，她把酒留在原地。

「您好像對我不太滿意，那我請其他人過來。」

我還來不及反駁，她就迅速轉身離開，不久後，果真來了另一個人。這次是個帥氣的男人。長相比普通藝人還俊秀的男人一進來，就對著我露出燦爛的笑容。

「哇，可愛的先生……」

「滾。」

說完之後，我莫名有股不祥的預感，感覺接下來要一直重複這句話。

九點五十九分。時鐘的秒針一回到整點，我立刻從座位上站起身。在那之後，又有幾個男男女女輪流進來，在我不厭其煩地讓他們滾蛋後，時間終於過了三十分鐘。我認為自己真的仁至義盡了，於是快步走到門邊，想盡快離開這個房間。

但我還沒伸手，門就被打開了。

「抱歉讓您久等，我來接您了。」

看見一開始帶我過來的店經理，我差點飆罵出聲。要是動作再快一步，我就可以直接離開了。強忍內心的惋惜，我無奈地跟著他回到迷宮般的走廊，到處東繞西繞。先是右轉，再左轉，然後又再次右轉。

穿越好幾條走廊，走到幾乎失去方向感，我卻並不覺得厭煩。欣賞形形色色排列的門，也是一種新奇的體驗。我以前曾在某個童話故事讀到這種場景，走廊上有一排排不同的門，女孩的體型忽大忽小，還有兔子出現……

「您要進來了嗎？」

我抬頭一看，他已經打開走廊盡頭的鐵門，向裡面了比了個「請」的手勢。啊，那個女孩走進錯誤的門、遭遇困境後，就墜入了奇異的世界。不知為何，感覺自己走進去之後，也會墜入奇怪的世界。

「兩百元先生？」

將我拉回現實的名字，讓我慢慢挪動了目光。四十歲出頭的店經理率先走進房內，親切地向我說明。

「已經到了，兩百元先生。」

「……」

「兩百元先生，您哪裡不舒服嗎？」

「沒有。」

我簡短回答後，確認了他並不是故意的。但我還是瞪了無辜的他一眼，讓他愣了一下，才往裡面走去。門裡又是另一種光景。就像忽然從華麗高級的走廊回到現實一樣，我看見了兩側堆放著東西的倉庫。店經理神情自然地穿行其中，打開對面一扇不起眼的門，再次走了進去。

接著，又出現一條走廊。但這條走廊看起來有點不一樣。沒有任何裝飾，也沒聽見音樂聲，感覺像是忙碌奔波的員工專用的通道。店經理穿越狹窄的通道，停在附近一扇門前，「叩叩」敲了幾聲，然後回頭看我。

「他已經在裡面等了。」

接著，他幫我稍微推開門，退到一旁。進去之前，我又再次查看了周遭，既然這裡不是之前那種光怪陸離的世界，就表示在這裡等我的應該不是客人。那他是這裡的老闆嗎？

「裡面的人是誰？」

我試探地詢問，他微微一笑，回答道。

「當然是正在等待兩百元先生的人。」

第一次遇見那傢伙那天，口袋裡只有兩百元的事，突然讓我後悔莫及。

坦白說，就算跟我說他正拿著鞭子，在房間裡馴服猛獸，我也不會感到驚訝。即使映入眼簾的是混亂的辦公室景象，我依舊可以保持平常心，悠哉地環視欣賞。壁紙和暗紅色地毯給人一種高級的感覺，辦公家具、沙發和桌子卻相當樸素。以一個人使用來說，這個空間滿大的，但無論是桌面、抽屜櫃和地板上，到處都堆滿了書本與厚紙堆，紙頁高高疊起，幾乎看不見地面。

我關上門，停留在原地，看見神經病正面向我，坐在大書桌的另一側。他戴著眼鏡，輪流看著眼前的兩塊螢幕，以及書桌上散亂的文件。他在細銀框眼鏡後方面無表情工作的臉，看起來宛如另一個人。

「坐吧。」

聽到他的命令，我忍不住皺起眉頭。他是要我坐在哪？唯一能坐的長沙發，已經被紙堆跟各種東西占滿。我的目光在沙發跟他之間游移，無奈地把紙堆推到一旁，挪出空位坐下。

就連我也對這種情況感到有點意外。一開始來到這裡的時候，還以為他會悠哉地喝著酒欺負我。我甚至還做了心理準備，預想最差的情況是他再次對我拳打腳踢，結果他居然在認真工作？我望著有一半是英文的成堆文件，開口詢問。

「你是誰？」

綜合朴室長的說詞和眼前的情況，可以確定他不是藝人。面對一開始就該問的問題，他頭也不抬地回答。

「股東。」

我以為他會敷衍了事地挖苦我，一時沒有理解他說出的詞彙。股東？幸好他繼續用冷淡的語氣補充說明。

「準確來說，是大股東之一。」

我沒問是哪裡的股東，想必一定是夢想的股東吧。不過，我不清楚大股東的地位究竟有多高，基本沒什麼概念。僅是持有公司許多股票，就能任意進出公司、讓旗下演員畢恭畢敬，還可以懲處員工……這時我才突然想到，當初跟他借菸的時候，他還誤以為我要誘惑他。所謂的大股東，地位本來就那麼高嗎？儘管內心仍有疑惑，但我認為那是在所難免，於是直接進到下一個問題。

「名字呢？」

這個問題，讓他終於抬起頭。他一手摘下眼鏡，靜靜看著我，嘴角揚起他的招牌微笑。

「問對方名字前，應該先介紹自己的名字。還是你喜歡被叫兩百元？」

「……李宥翰。」

因為跟明新的藝名一樣，我以為他可能會感到驚訝，但他沒什麼反應，只是戴回眼鏡，說出自己的名字。

「傑伊。」

什麼？我皺起眉頭凝視他，但他說完名字後彷彿無事發生一般，又把目光移回文件與螢幕。傑伊是英文名字吧？應該不是姓「傑」名「伊」？我忽然感到一陣氣餒。原以為得知他的名字和真實身分，就能徹底了解他，現在反而冒出更多疑問了。

我把面向他的身體轉了回來，靠在沙發上注視著面前的壁掛電視。在布置得像辦公室的房間裡，那面大螢幕顯得有些突兀。我看著黑漆漆的螢幕，在心裡默數著，決定數到十就立刻走人。在「九」這個數字在腦海中浮現時，忽然「啪」的一聲，某個東西掉在我的腳邊。那是個小小的隨身碟。我沒有伸手，只是注視著它，緊接著，他的聲音也跟著傳了過來。

「打開看看。」

他命令完，又再次投入工作。他的周身散發出一種不容打擾的氣場，我只好默默將隨身碟撿起。沒有直接奪門而出，是出於某種好奇吧。位於神祕酒店一隅的辦公室、戴著眼鏡的他、面無表情工作的神態，以及好似外語的名字，這一切我都始料未及。我把隨身碟插進電視插槽，沒一會兒，螢幕就浮出標題，電影也開始放映。

五部長度約莫二十五分鐘的短篇電影。最後一部電影的「完結」字幕出現後，我忽然聽見背後傳來聲音。

「怎麼樣？」

本來專注於螢幕的我，被突如其來的問話嚇得從沙發上挺直腰背。轉頭一看，不知道何時靠近的他正雙手交叉在胸前，倚靠在後面的牆壁上。因為沒發現有人靠近而被嚇了一跳，我有些惱羞成怒地回嘴道。

「什麼怎麼樣？」

「電影。」

我本來就是不常看電影的門外漢，哪能看出什麼？見我一直沒回答，於是他換了個問法。

「你最喜歡哪個部分？」

我回想著剛才看的五部短篇電影。老實說，每部我都覺得很難看。沒有亮點，內容普通，感覺只是用鏡頭記錄日常，看得我很是迷茫。但其中依然有讓人印象深刻的部分。

「第一部跟第四部。」

聽見我的答案，他其中一邊嘴角緩緩上揚。看起來不像嘲笑，是真的覺得有意思才笑的，但那副樣子更煩人了。

「真讓我驚訝，你是怎麼看出來的？」

看出什麼？在我露出困惑眼神的同時，聽見了他的答案。

「那兩部是同一個導演拍的。」

那是什麼意思？逼我看了將近兩個小時的無聊電影，只為了確認我能不能分辨出同一位導演的作品？我不懂他到底想幹嘛，正準備走人時，又聽見他獨有的冷淡語氣。

「我得選出要投資的電影，新人導演雖然風險高，但只要挑對作品，投資報酬率就會提高。當然也需要考慮到像你這種非專業人士的喜好。」

他的神態略顯疲憊，一手捏著脖子，繼續說道。

「這是我的其中一項工作，挑選要投資的電影、籌錢，然後創造收益。」

「……」

「還好奇什麼？」

不明白他為何突然親切說明，我露出狐疑的眼神。但既然他願意回答，那我就不客氣了。

「這裡是你的店嗎？」

「不是。」

不是自己的店，卻在這裡有一間辦公室？我真搞不懂。可能是這種想法過於直白地寫在臉上，他瞇眼一笑，勾起嘴角。

「我持有這裡的股份。」

原來是喜歡到處撒錢啊。

「除此之外，這間店還有許多用處。還有其他問題嗎？」

「為什麼叫我來這裡？不單單只是為了讓我看電影吧。」

「……」

「說不定真的只是那樣啊，想把毫無用武之地的你，用在這種地方。」

「但你說對了，還有其他原因。」

「什麼？」

「你在期待什麼？」

他鬆開揉捏著脖子的手，直直抬起頭。微微彎起的眼睛與我對視，眼底卻沒有一絲笑意。這副模樣，讓我實在無法把他的話當成玩笑，尤其是接下來的提問。只聽他稍微壓低聲音，開口說道。

「你想像過我突然壓倒你嗎？用我的性器狠狠幹你？」

該死的傢伙，到底在講什麼鬼話？我承認他比我強，但依舊忍不住內心不斷鼓譟的憤怒，我拋棄無視這個最佳方法，回應了他的挑釁。

「對，你怎麼知道？我確實想像過用性器狠狠抽插、埋頭猛幹的樣子。」

面對他的笑臉，我回以同樣的微笑。

「我上你的話。」

我放低目光，故意由下而上打量著他。與合身的黑色西裝褲同色調的金扣環腰帶、平坦腹部勾勒出的精壯腰線，以及緊貼肌膚紮進褲子的白色襯衫。我的目光沿著掩藏厚實胸膛的輕薄布料往上逡巡，很快就與他黑色的眼珠對視。看見他嘴角帶著笑意，眼神卻依舊冷漠，我心裡頓時一陣發寒。我不由得有些後悔，但我的本性壓抑了那些感覺。面對強者，就算心懷恐懼也想迎戰的習慣慫恿著我。

「嗯，如果只有一次，我倒是可以勉為其難接受。」

為了表現出不受動搖的樣子，我故意直視著他，用生硬的語氣說著。雖然沒有冷嘲熱諷，但我知道這反而更能刺激對方。正當他眼底的光芒逐漸擴散時，我聽見了他的聲音。

「才一次？真讓人傷心。不過，對我來說這樣正好。」

什麼？我不自覺皺起眉頭。只見他把頭側向一旁，一臉興味盎然的樣子，嘴角又掛起笑容。

「你的意思，難道不是『比起只想勉為其難幹一次的你，讓很想睡你的我在上面也無所謂』嗎？」

「別開玩笑了。」

「為什麼？不是很公平嗎？讓想幹的人幹。」

他收起笑容，繼續面無表情地說道。

「要我幹你幾萬次都行。」

我強忍著即將飆出口的髒話，惡狠狠地瞪著他。即使知道認真就輸了，我仍拿他粗魯的言論沒轍。坦白說，我對這種情況十分陌生，自五年前開始，就很少有人能激起我的情緒波動。連我自己都十分訝異，發現明新的所作所為後，仍能壓抑怒氣隱忍的我，怎麼會因為對方輕浮的言行產生這麼大的反應？

「那只是你個人的想法。」

「所以我也有顧慮到你的想法啊，你不是說勉為其難一次嗎？想做的我答應配合，你就該感恩了。」

這到底是什麼詭異的邏輯？我再次瞪向一本正經胡言亂語的他，突然想起他可是一根抽過的菸就開價兩億的瘋子啊。噢，對，我在應付的是一個神經病。

「那請你也考慮到這一點，我不想被你幹。」

「為什麼？」

這天真到令人不悅的提問，讓我直接把傻眼兩個字寫在臉上。

「我從頭到尾都不想跟你上床，而且……」

我遲疑了一下，說出最重要的原因。

「我一直都是上面的。」

聽見我的答案後，他站起身，眼神不再漫不經心。

「這句話真有趣，『一直』。」

含糊其辭的他不知道在開心什麼，忍不住咧嘴一笑。

「那就表示還沒有人上過你囉？」

他的問題令人莫名不爽，但我總覺得要給出確切回應，才能堪堪維護搖搖欲墜的自尊心。於是我點點頭，開口說道。

「那當然，一個也……」

話說到一半，鮮明的記憶忽然自內心深處浮現。就像黑白電影中間忽然閃現彩色畫面一樣，一個令人印象深刻的場景倏然閃過——在陰暗的房間裡，我跨坐在某個人身上上下起伏。該死。這句咒罵和五年前的記憶，一同浮現在我的腦海。

我想，大概是發傳單的時候吧。我穿著布偶裝，跟偶然遇見的陌生男人一起開房，直接戴著頭套騎在他身上。那是我人生唯一一次作為零號跟別的男人做愛，恍惚的記憶中，只有一件事直到此刻依舊清晰地烙印在腦海——在布偶頭套潮濕悶熱的黑暗中，透過縫隙看見的視野極為狹窄，上下起伏的視線在炙熱的溫度和懲罰般的痛苦中逐漸模糊。

是眼淚的緣故吧。浸濕整張臉的淚水與汗珠一同從下巴滴落，直到眼前視野幾近朦朧，我才終於發現自己哭了。可能是哭得太傷心了，我不太記得對方的事情，對那時的我來說，大概也不太重要吧。

「繼續說。」

突然傳來的聲音把我嚇了一跳，定睛一看，只見他露出異常冷漠的眼神催促著我。

「一個也，接下來呢？」

「……」

「我叫你繼續說。」

強硬的命令口氣，讓我不自覺開口。

「一個……是有過一個。」

——也就只有一次。

我把後面這句話吞回肚裡，忍不住開始回想——到底是誰呢？

當時哭泣的記憶太過深刻，讓我完全無法想起周圍的情景，但奇怪的是，某種難以言明的詭異感受一直讓我無法放下——感覺我似乎認識對方的、令人不爽的不安感。我記得好像有什麼特徵……

在我專注回想當時的記憶時，周遭忽然安靜了下來。我移動目光，發現他和工作時一樣，正面無表情地俯視著我。他的沉默，比起嘲諷刺耳的話語更令我不自在。我心想坦白後，他說不定反而會對我失去興致，即使內心竊喜，我仍強作鎮定地冷冷開口。

「但只有一個人而已，我本來就是一號，以後也……」

「是誰？」

他的語氣單調、毫無起伏，奇怪的是，那聲音卻像鋒利的刀刃般，給人一種即將皮開肉綻的壓迫感。明知他想問的是什麼，我卻像個笨蛋般反問。

「什麼是誰？」

「我在問你，那個人是誰？上了你的那傢伙。」

「關你什麼事。」

「為什麼？因為你愛他，愛到願意當下面那一個？」

要是其他時候聽見這個問題，我說不定會捧腹大笑，但看見他的笑容從臉上消失，我不自覺皺起眉頭。

「你在開玩笑嗎？」

「我應該跟你說過，我從不開玩笑。所以回答我。」

不悅的情緒倏然湧現，我又開始想跟他唱反調了。本來想嗆他「我為什麼非要回答你」，但在察覺他異常認真的態度後，我便打消了念頭。為什麼他突然那麼嚴肅？雖然訝異，我還是回答了他的問題。畢竟要是我不回應，感覺他會一直追問，煩到我回答為止。

「不是因為愛，可以了嗎？」

「那為什麼跟他做？」

「……」

「我真的很喜歡你那種眼神。」

他勾起一邊嘴角，對著我怒瞪的眼睛笑了。

「原來對你來說，原因比對象是誰還重要？我越來越好奇了，上過你的人到底是誰？」

「不用你管。」

「我偏要管。」

用冷漠語氣回覆的他，身體離開牆壁，朝我邁進一步。

「我已經為了一個不能退貨的東西交付了訂金，當然可以管吧？」

這麼問的同時，他轉身面向書桌。

「好奇以你的個性會允許誰壓倒你，不是很正常嗎？」

「你又知道我的個性了？」

「至少你不會只因為宋明新五年前拿著你的錢落跑，就決定復仇。」

他走到電腦前，漫不經心地說著，可聽到那番話的我卻無法保持平靜。他怎麼知道那件事？是漢洙？還是經紀人？可我記得，我從來沒有對他們兩個說過「五年前」這個時間點。在我僵在原地的時候，他單手輕敲鍵盤，繼續說道。

「但如果是高中沒畢業，先跑去當飆車族，又到貸款公司耍流氓討債的五年前的你，就有可能了。」

「……」

「啊，如果賺來的錢全部拿去吃喝玩樂，打架跟喝水一樣頻繁，喜歡逞凶鬥狠、拿刀耍帥的話，應該會直接過去掄他一拳吧。」

大概是要做的工作都忙完了，他最後「喀」地按下鍵盤，看向我。

「不覺得很像別人的故事嗎？」

「……你是怎麼知道的？」

我的過去並沒有留下紀錄。就算作惡多端，那些事蹟也只留在我和認識我的人的記憶中。更何況這五年來，我逐漸遭人淡忘，鮮少與其他人接觸。因此，要找到知悉我過往種種的人，是極為困難的事。

體內的血液逐漸冷卻，雞皮疙瘩攀上皮膚。些微的暈眩感倏然襲來，腦中思緒亂成一團，這彷彿被人窺視的不安，令我脊背發涼、如臨大敵。聽到我的質問，他用令人著急的緩慢語速開口。

「你的工作經歷是五年前開始的，表示五年前有某件事改變了你？我看過你的履歷，也調查過你的親屬關係。」

我張開嘴巴，試圖阻止他繼續說下去，阻止他說出那些我根本不想聽見的話。只不過，他還是搶先一步。那無趣的聲音再次若無其事地問道。

「弟弟和媽媽過世，就是你改變的原因嗎？」

啪啦。嘩啦啦。

我站起身，原本堆疊在旁邊的資料散落一地。不過，我的耳朵聽不進任何聲音，心臟莫名開始狂跳。不帶感情凝視著我的黑色瞳孔，似乎洞悉了我的一切。即便立刻就意識到那是不可能的事，我仍像個笨蛋般屏住了呼吸。

說來可笑，但那是我恐懼的根源。或許若無其事活過這五年的我，內心已被罪惡感凝聚而成的黑暗徹底侵蝕。當我越是拋開欲望、壓抑感情、摧殘肉體⋯⋯越是假裝若無其事，那團黑暗就越發殘酷地將我的內心蠶食殆盡。雖然我迅速調整過來，從這五年支配著我的空虛中穩住心緒，但剎那間感受到的恐懼，並沒有輕易從心臟消退。

「其實我不相信。」

從我的沉默得出答案的他，微微瞇起眼睛。

「你居然把家人看得那麼重，甚至讓他們的死改變了你的一切。」

「……不是。」

「……」

「不是那樣。」我淡淡解釋，「他們跟外人沒有任何區別。」

我預想他會追問「那不然是為什麼」，但他只是看了我一眼，就轉頭繼續看向電視。他握著不知何時拿起的遙控器，切換著大型電視的模式，開口說道。

「叫你來這裡，一方面是想讓你看電影，不過，也有想要小小獎勵你的意思。」

可能是切到想看的畫面，他放下遙控器，恢復原有的笑容。

「聽說你去找XX工作室的李攝影師拍照了？」

這件事他又是聽誰說的？我突然想起了朴室長的臉，而他說的話，又一次吸引了我的注意。

「我不知道你是怎麼說服李攝影師的，但夢想總公司的人都相當驚訝。」

那是因為我答應用裸照回報他。總覺得說出這個理由後，事情會變得很麻煩，於是我默默看著他，開口詢問。

「所以獎勵是什麼？」

當我這麼問的同時，電視終於有了畫面。那是架在天花板一隅的監視器錄到的、某個小房間的樣子。一看到畫面，我就忍不住皺起眉頭。待在那個房間裡的人是我，穿著跟現在一模一樣的衣服。仔細一看才發現，那是我剛來到這裡時，店經理帶我去的房間。原來那裡有監視器嗎？我傻眼地看向他，而他目不轉睛盯著螢幕，開口說道。

「聽說你以前玩得很開，我本來還期待有好戲可以看。」

他的語氣透露出失望，可臉上依舊帶著笑容。電視螢幕傳來我的聲音，一遍遍重複著「滾」。

「這是怎樣？你在考驗我嗎？」

我沒有隱藏自己的不爽，直瞪著他。他嫌無聊似的快轉畫面，回頭瞥了我一眼。

「對。」

「憑什麼？」

「又不能退貨，總要測試一下吧。」

那小子厚著臉皮說出的話，簡直讓我啞口無言。我正懊悔自己挑錯對象時，才猛然想到，這應該不是他說的獎勵。既然他親口說是獎勵，至少會是其他更有價值的東西，而不是這煩人的畫面吧。我再次看向電視，隨著螢幕中的我站起身，為時三十分鐘的影片也播放完畢。我看著靜止畫面中的房間景象，似乎發現了他的用意。既然能錄到我，以前一定也有錄到其他人吧？不只那間，其他房間可能也有監視器。於是，我又問出了剛才問過他的問題。

「你是怎麼知道的？」

周遭沒有人知道我的過去，除了一個人。

「你錄到明新了？」

聽見我開門見山的質問，他先是瞇起眼睛，隨即又微微彎起，露出大大的笑容。

「不錯嘛你。」

不知為何，每次被他稱讚都讓我十分不爽。如果要讓我看，就趕快放出來啊。我用眼神催促他，只見他深深一笑，露出了頰邊的酒窩。螢幕畫面終於變了。比我待的房間大兩倍的包廂裡，兩個男人並肩而坐。個子矮的是明新，而摟著他的人是讓我第二次說「滾」的、進過我包廂的男人。

「聽說你的名字是藝名？為什麼要取那個名字？」

男人一邊問著，手一邊在明新的大腿緩慢游移。不知道明新是喝醉了，還是陶醉於對方的撫摸，他像在品味似的閉著眼睛開口。

「呃嗯……沒什麼，是我以前認識的人的名字。」

「認識的人？所以是你喜歡的人囉。」

懶洋洋靠在對方身上的明新，彎腰發出一陣爆笑。

「喜歡？呵呵呵——喔，我喜歡過他，在我年少輕狂的時候。當時覺得他滿帥的。」

「怎麼個帥法？」

「他是個高中沒畢業，先跑去當飆車族，再跑去貸款公司討債的小混混。」

他一字不漏地說出了神經病對我說過的話。

「他賺的錢全部拿去吃喝玩樂，打架跟喝水一樣頻繁，喜歡逞凶鬥狠、拿刀耍帥。現在回想起來，他那種人真的很可悲，但我當時年紀小不懂事。怎樣？不是嗎？當年覺得看起來威風的人很厲害啊，他是個超級狠角色，個子不高，卻從來沒打輸比自己高的人。」

感覺到一股目光扎著我的皮膚，但我只是專心盯著螢幕。男人的手磨蹭著明新的大腿內側，開始挑逗他，巧妙地繼續問道。

「嗯哼，你一定很聽他的話吧。既然喜歡過他，你們有同居嗎？」

男人的手輕輕掃過重要部位，明新的身體微微顫抖了一下。

「對，我們同居過，他對我很好。吼，別再問了，趕快幫我。」

明新耍賴似的扭腰，把自己的重要部位湊近男人移動的手。男人似乎覺得明新的舉動很可愛，淺笑了一下，馬上就順著他的意思，開始磨蹭他隆起的褲襠。

「既然他對你很好，你為什麼要跟他分手？該不會被甩了吧？」

男人半開玩笑地在明新耳邊耳語。聲音很小，我依然能聽見，想必明新一定也聽得很清楚。儘管隔著衣服，直接的刺激依舊讓他雙頰潮紅，下意識地回答。

「沒有，是我甩了他，老實說，我拿著他的錢溜了。吼，快點！」

明新提高音量，一副快要忍不住的樣子。男人熟練地單手解開褲頭，把手伸進內褲。明新發出興奮的呻吟後，男人馬上加速套弄，同時，也沒有停下發問。

「嗯哼，錢被搶走之後，他沒有來找你嗎？應該有在電視上看到你吧？」

明新急促的呻吟忽然停下。他面無表情，用力握住為他手淫的男人的手腕。明新散發的氣場，好像忽然變了個人。我瞇起眼睛往前一步。那是五年前的我不曾看過的表情。不，那是他先前不會露出的表情。他冷眼瞪著男人，讓男人像是凍結了一樣僵在原地。

「為什麼一直問個不停？」

「我只是好奇⋯⋯啊！」

明新一個用力，把男人的手反扭到半空中，不再像以前一樣纖瘦、已經練出肌肉的手臂爆出了青筋。

「只是好奇？就只是這樣嗎？」

「對，就只是這樣。」

男人的體型更魁梧，如果用力掙扎，應該可以甩開明新，可他沒有那麼做，臉上甚至露出笑容。

「其實我很嫉妒，想知道你覺得帥氣，甚至拿他的名字來用的前男友是誰。」

明新繼續拽著他的手腕，冷眼看著他，下一秒又忽然態度驟變，一秒切換了表情。

「你的嘴還是很甜。不過呢……」

他沒有放開男人的手腕，而是把手伸向男人的臉頰，將他的臉轉了過來。接著，他壓低聲音耳語了幾句，雖然聽不清楚，但看口型應該是……

——再有下次，就不原諒你了。

男人露出緊張的笑容點了點頭，明新推開他的肩膀，然後張開雙腿，命令他。

「你害我沒興致了，過來舔。」

男人毫不猶豫地鑽到他的胯下，低頭吞吐。明新馬上恢復興奮的表情，閉眼仰頭。接著，他用手撫摸著男人的頭，發出呻吟。有好一陣子，螢幕只不斷傳出男人吸吮性器的聲音，以及明新急促的呼吸聲。對我來說無聊至極，甚至讓我忍不住想打瞌睡的片段沒有經過任何快轉，但我沒有埋怨。神經病讓影片繼續播放，一定有他的原因。不出我所料，呼吸漸趨急促的明新抓住男人的頭髮，低聲呢喃。

「啊，再含大力一點，啊，我今天，哈……被崔社長那傢伙煩死了。可惡的傢伙。明明一無所有，居然因為幸運找到李攝影師拍照，加上對公司的抗議生效，就整個人洋洋得意……啊啊！」

他好像還沒說完話就射了，身體微顫地發出呻吟。明新一直壓著男人的頭，直到停下顫抖、快感消失後才鬆手。可能是呼吸困難的關係，男人咳了幾聲。明新面露愧疚，輕撫男人的臉。

「親愛的，這種事你果然最在行了。」

聽見那句話的男人，用手背擦了擦嘴唇，噗嗤一笑，然後悄悄轉移目光。那瞬間，我感覺他朝監視器看了一眼，但他很快就挺直腰桿，坐回椅子上。他坐回明新旁邊，按下桌上的按鈕，把酒杯拿到嘴邊。感覺他真的訓練有素，在這種情況下仍能沉著應對，從容地詢問。

「聽說崔社長被解除經紀人的職務了？」

「被解除了，我還以為他會被公司趕出去，結果他好像撿了一個爛傢伙回來，那件事讓我很在意。」本來擺著臭臉的他，忽然開懷大笑，「也對，反正等他去上公司安排的課程，就會更煎熬了。」

「那是什麼意思？」

「喔——因為我安插了一個很聽話的人，我要他一步步踐踏崔社長栽培的那傢伙。對了，他有說要過來這裡。」

說完後，敲門聲彷彿算準了時間，適時響起，通知有客人正在等待。男人剛才按下的按鈕，似乎正是某種信號。不久後，門開了，有個人一腳踏進包廂……

在他露臉前，畫面就停住了。

「禮物就到這裡。」

神經病的聲音把我拉回現實，也讓我的目光離開了電視螢幕。我率先問了一個我最想知道的問題。

「那是什麼時候錄的？」

如果是經紀人撥出電話之後，那一定就是今天，所以是稍早的時候？

「你看電影的同時。」

不會吧……他讓我看電影，是為了在那段時間從明新口中套出資訊？不，這實在太過巧合了。要是明新沒來，他要怎麼辦？這個疑問的答案，在他接下來的說明中水落石出。

「這裡本來就是夢想演員常來的地方，而且採完全預約制。你覺得我會白白持有這裡的股份嗎？」

我忽然想起，他說過這間店有很多用處，原來是這個意思——為了監視來此飲酒作樂的演員或藝人。我不禁心想，越了解他，越發現他是個頭痛人物。但現在有個更現實的問題……我望著靜止的畫面，開口問道。

「為什麼停在這裡？」

從那扇門走進來的人，應該就是被明新叫來踐踏我的人。大概是接下來要和我一起上課的其中一個演員吧。雖然發出疑問，但並非出於對戛然而止的答案有所不滿。他說禮物就到這裡，表示我想繼續看下去的話，需要付出些什麼。我提出問題的用意，是想知道他到底想要什麼。反應敏銳的他，立刻給出答覆。

「告訴我是誰。」

誰？我沒聽懂他的意思，皺著眉頭看向他。隨後，他親切地補充。

「上過你的人，是誰？」

「……」

「如果你告訴我，我就讓你看下去。」

「你知道這個要幹嘛？」

他咕噥了一聲「這個嘛」，然後淺淺一笑。

「找出那個人，轟掉他的腦袋？」

「轟掉別人的腦袋幹嘛？你又沒吃虧。」

「跟吃虧有什麼關係？我是在描述我的感覺。」

撇開那荒唐的「感覺」不提，他的前幾句話莫名讓我覺得刺耳。從他口中說出的那些話，不知為何令人有種如芒刺背的感覺。

他訝異地盯著皺眉的我，開口說道。

「你也不只對讓你吃虧的人動手啊。」

我不自覺頓了一下。噢，對，確實如此。我也曾經隨心所欲地濫用暴力，且完全不把自己的惡劣行徑當一回事。令人哭笑不得的是，我竟一時忘了自己以前是個多麼失敗的垃圾。他似乎讀懂了我發愣的表情，笑著問道。

「因為現在不會了，被這樣講讓你覺得很委屈嗎？」

「不，不委屈。」

我一邊小聲嘟囔，一邊瞥了他一眼，發現他又收起笑容，正面無表情地盯著我看。那種反應令我有些不舒服，假笑的他反而還比較好對付。

「但我覺得年紀都這麼大了，還要無緣無故轟掉別人腦袋的你很可悲。」

幸好我的出言不遜，讓他的微笑又回來了。

「哪是無緣無故？我轟掉他的腦袋，是為了替他消除記憶。」

「你幹嘛替陌生人消除記憶？」

「他大概會因為跟你做愛的記憶歷歷在目，到現在還在每天打手槍吧，如果放著不管，不是更奇怪嗎？」

「他為什麼會對我……」

我氣得想反駁，又意識到這小子是個神經病而作罷。我不該被他牽著鼻子走，但我不懂他為何執著於此事。他另有所圖嗎？為了什麼？可我真的什麼都想不起來啊。看著那小子興致勃勃盯著我的眼神流露出一絲殘忍，我忍不住回嘴道。

「不用你管，反正又不是對你打手槍。」

「我會在意。」

他溫柔的聲音跟他的笑容一樣，柔和得讓人忍不住起了一身雞皮疙瘩。他仔細端詳我的表情，親切說明。

「有人對我的玩具流口水，我當然要修理他了。」

玩具。好，我確定他在耍我了。但如果只是出於這種原因，他的反應確實有點誇張了。

「別擔心，我不會動你的腦袋，我會放過你的記憶。」

這讓我更懷疑了，他是在打其他鬼主意嗎？

「說吧，這應該很簡單吧？」

他溫柔的遊說，再次令我起了一身雞皮疙瘩。我保持警戒，反問道。

「既然很簡單，那你就自己去找出上過你的人，轟掉他的腦袋。」

「你覺得有人上過我？」

也對。我不自覺在心裡認同他的說法，小聲嘟囔。

「那就去找你上過的人。」

「我正在找。」

我看向他，以為他在開玩笑，卻發現他居然是認真的。他又露出了皮笑肉不笑的表情。看見那個笑容，我又忍不住想挑釁他，開口挖苦道。

「到底有多少人，找到現在還沒找完？」

「就一個。」

「……」

「很驚訝嗎？」

坦白說，我很驚訝。他說過自己不開玩笑，如果他說的是真的，那確實很值得驚訝。而他接下來的淡定語氣，讓我更震驚了。

「我睡過的男人，就只有那小子，而且就只有當時那一次。」

「……」

沒能馬上反駁他，一方面是出於驚訝，另一方面，是感覺那根本不像他的作風。從他說過的話來看，我確定他不排斥男人。反倒是不時把幹來幹去掛在嘴邊，讓我不禁懷疑他是不是更喜歡跟男人做愛。正因如此，我覺得「一次」這個詞跟他很不搭。

他的性生活應該不複雜，但看起來是不缺床伴的類型，尋找「只上過一次床」的人，真的很不像他會做的事。而且居然只有一個人？面對強者從未出錯過的第六感，讓我不自覺皺起眉頭。

「原來你本來對男人沒興趣。」

既然這一切都跟他的作風背道而馳，就只有一種可能——那只是一次意外。

他同意了我的結論，爽快得令人沮喪。

「對。」

他回答得很乾脆，我聽完後反而產生了更多疑問。本來對男人沒興趣，卻還是睡了對方，那對方到底多有魅力啊？甚至讓他念念不忘，一直不斷尋找？這是什麼純愛戲碼嗎？一想到這，我又皺起眉頭。

「真不像你的作風。明明不愛男人，卻在睡了對方之後被迷得念念不忘，一直在尋找對方……」

說到一半，我才猛然想起，情況可能正好相反。

「難道你不是因為被迷住才想找到他的？」

「嗯，對。」

他臉上的笑容看似和善，嘴裡說出的話卻讓我心裡發寒。

「他惹毛我了。」

不知道到底發生過什麼事，但我開始同情對方了。要是被他抓到，肯定只有死路一條。那個人是白痴嗎？要招惹別人，也要好好挑對象吧。也對，單憑他那張笑臉，根本看不出他是個神經病。這麼說來，一開始就發現他是神經病卻還是落入圈套的我，或許更白痴也說不定。

在我替陌生人瞎操心的時候，忽然發現了一個疑點。既然他不愛男人，為什麼還一直想跟我上床？啊……是這樣嗎？即使不喜歡男人，他還是願意為了欺負我而那麼做？這讓我更不爽了。

「那你就認真找出惹毛你的對象，再去睡他，不要欺負我。」

我為了結束對話迅速作出結論後，又聽見他特有的冷淡語氣。

「他是他，你是你。」

「什麼？」

「幹嘛突然裝傻？我的意思是，你是第二個我認為可以睡的男人。」

「……」

「我那麼看重你，你居然說我欺負你？」

他的聲音極為溫柔親切，我卻不住直冒冷汗。我忍住差點下意識後退的腳步，靜靜凝視著他。只見收起臉上笑容的他，冷漠地說道。

「所以你躲不掉的，我不會重蹈覆轍。」

回家路上，我接到經紀人的電話。他用開心的語氣告訴我，明新打了電話給朴室長的消息。

「接下來可以不受明新影響去上課了！」

從他淺嘗勝利滋味的聲音，我彷彿能窺見他雀躍的神情。可笑的是，聽到他說一週後開始正式上課並掛斷電話後，我內心產生的第一個想法竟是——一定要再等一週嗎？雖然經紀人表示，不知道明新會不會又耍其他手段，但就算發現了，我也覺得沒什麼大不了的。可能是有其他更讓我在意的事情吧。神經病若無其事說出的那句話，一直在我腦海中揮之不去。

——你躲不掉的。

我又不需要躲，也沒有懦弱到會落荒而逃，那句話依舊讓我有些毛骨悚然。不對，比起那句話本身，讓我更不安的是他當下的表情和散發的氣場。就像手裡拿著刀，準備把刀俎上的活物大卸八塊一樣，而我則是即將任人宰割的魚肉。對，他這個人絕對不會重蹈覆轍，正因如此，那種被掠食者盯上的感覺才更為強烈。

不知不覺間，我稱之為家的考試院入口已出現在眼前。想起沒有廁所、僅能勉強棲身的小房間後，一陣睏意頓時襲來。濃厚的睡意輕鬆拂去了無謂的擔憂。無所謂，反正我又不是那個倒楣鬼，他應該不會執著地追著我跑。

多虧經紀人跟漢洙十分清閒，我接受了兩人的各種指導，安然度過了一星期。其間，經紀人曾外出半天，回來後手上拿著我的形象照。看著宛如另一個人的照片，一陣尷尬莫名湧現，我只好一直低著頭，但兩人卻十分開心地發表感想。

「哇——就像另一個人耶！」

「對吧？不覺得泰民真的被拍得很好看嗎？」

「不是蓋的耶，從照片看起來，眼睛更有魅力了，哎呀，實在太上鏡了，比本人好看一百倍！」

「就是說啊，超級上鏡——要是先看到照片才看到本人，一定會被說詐騙。哈哈，你說是不是？泰民？」

「……」

周圍突然陷入一陣沉默。在發現我冰冷的眼神後，兩人拿著照片的手就這麼定格在半空中，過了好一會兒才輕輕撇過頭。

「咳咳，仔細一看才發現，本人還是比較好看啊。」

「攝影師是用腳拍的吧。」

「不、不是用腳拍的。不過呢！沒有比本人好看，咳咳，其實啊，就算是李攝影師，也沒辦法把泰民的照片拍得比本人好看，哈哈——」

「對吧？就算是李攝影師……對了，忽然想到，李攝影師從昨天開始就一直傳語音訊息給我。靠，我下課點開訊息的時候，聽到他用油腔滑調的聲音說『親愛的，我好想趕快脫掉衣服跟你纏綿——』耶！我差點吐出來！」

漢洙氣憤的聲音讓經紀人吃了一驚，微微瞇起眼睛。

「不是吧，那該死的小子居然在電話裡也會那樣鬼扯？」
「咦？是你把我的電話號碼給他的嗎？」
被漢洙當面指責後，經紀人一臉驚慌地揮揮手。
「哎喲，我不是故意要給你的電話號碼，但他一直跟我要泰民的電話，想要騷擾泰民。還威脅說如果不給他電話，就不把照片給我，我只好把你的電話號碼給他，說是我帶的演員的電話……」
「所以你就給了我的電話？呃啊！你不記得我高中大放厥詞說要當藝人的時候，跟他起過衝突嗎？因為他直接在我面前說我不是他的菜，不願意幫我拍照，我就狠狠詛咒了他一頓，李攝影師當場氣得直跳腳呢。」
漢洙激動地說完後，只見經紀人好奇地歪起頭。
「喔，有這回事嗎？你當時詛咒他什麼？」
「……祝他一輩子都只有被甩的分。」
「神預言耶，你是諾斯特拉達姆斯[10]嗎？」

10　Nostradamus，著名法國籍猶太裔預言家，精通希伯來文和希臘文，著有以四行詩撰寫而成的預言集《百詩集》。後世有不少研究學者從其短詩中「解讀出」對不少歷史事件（如法國大革命、希特勒崛起）及重要發明（如飛機、原子彈）的預言。其預言無論生前死後都吸引了來自世界各地的崇拜者。

「我也沒想到他會一直被甩啊。」

「也對，那就是他的命。」

當兩人的話題延伸到李攝影師的生辰八字時，我才把一張照片拉到自己面前仔細端詳。那是一張壓低下巴，從側面凝視鏡頭的照片。既沒有擺出帥氣的姿勢，臉上也沒有任何笑容，一張普通得不能再普通的照片卻意外吸引了我的目光。和其他照片不同，它如實呈現了我最真實的樣子。我清楚記得拍攝這張照片的當下。在拍攝期間不斷給予指令的李攝影師，為了引導表情，利用了我的記憶。

「想像一下，這個世界上你最討厭的人，現在正站在你面前。」

那一刻，一張極為熟悉的面容倏然自眼前浮現。

喀嚓。喀嚓。

那張臉隨著快門應聲消散，放下相機的李攝影師用不可思議表情告訴我，我似乎流露出真實的情感了。不過，照片裡的人並沒有顯露出任何恨意，所以才特別引起了我的注意。儘管沒有清晰明確地呈現在紙頁上，但好似有某種情緒，就這樣被囚困其中。

「你喜歡那張照片嗎？」

我抬起頭，發現坐在對面的漢洙正低頭盯著照片，他身旁的經紀人也跟著好奇地伸長脖子。

「喔，李攝影師很喜歡那張照片。拍得很不錯吧？似乎有種微妙的感覺。其實形象照應該選笑臉才對，但我還是一直注意到那張。漢洙，你覺得呢？」

被經紀人一問，漢洙拿起照片仔細端詳。

「嗯，給人的感覺很強烈，可是同時……」

擺出專家姿態，認真仔細觀察的他，抬頭繼續說道。

「看起來非常悲傷。」

他先是看向我，像在徵求我的意見一樣，才把照片拿給身旁的經紀人。仔細端詳照片的經紀人點點頭，似乎同意他的說法。接著兩人又交頭接耳了一陣，但我一句話也沒聽進去。我一直盯著經紀人遞回來的那張照片，和自己面對面。在現實中面對著拍照時想起的、最討厭的那張臉，現在卻沒有任何感覺了。

上課前一天，我收到了跟之前一樣的簡訊。

——現在過來。

雖然對他毫無預警叫人過去的命令感到煩躁，我還是再次動身前往了上次的地點。感覺跟狗一樣乖乖聽令於他的自己十分悲哀，但也不算特別麻煩。真神奇，跟他見面從來沒有令我感到開心，卻也不怎麼反感。這是為什麼呢？明明每次對上那小子，都讓我氣得火冒三丈。我把自己的驚訝暫時拋諸腦後，朝著入口走去，上次見過我的警衛一眼就認出我了。

「兩百元先生，我們接到通知說您會來。」

「……」

我停下腳步打量著警衛的身高，要是賞他一記飛踢，有辦法踢中他的頭嗎？那樣他會不會忘記那個可笑的名字？在我認真思考的同時，他並沒有帶我進入上次下樓的入口，而是朝後方走去。我跟著他繞過一樓長廊，看見了一個比入口還狹窄的樓梯。

「從這裡下樓後，底下會有人為您帶路。」

他恭敬地低頭，伸手為我指引方向，我輕輕點頭致意，邁開腳步走下臺階。身後的他，直到最後仍展現出十足的親切。

「祝您有段愉快的時光，兩百元先生。」

在他的目送下，我走進地下室，真的有個帶路的人正在等我。一張陌生臉孔對我燦笑著，並打了聲招呼。

「歡迎光臨，兩百元先生。」

我看著他，才意識到現在要糾正那個名字已經為時已晚，也太麻煩了。

服務生帶我前往的地方，並不是上次去過的房間。唯一令我感到熟悉的，是那條員工們穿行迷宮時專用的走廊。不過，我們沒有停在上次去見神經病的房間前面。又走了一陣子，服務生停在某扇門前，敲了敲門。他往旁邊退了一步，示意我進去。

「他已經在裡面等了。」

跟上週的情況差不多。我原封不動問出了當時問過店經理的問題。

「裡面的人是誰？」

這次，我順利聽見了答案。

「社長。」

難道他的靠山要登場了？我一邊胡思亂想，一邊推開門，卻倏然聽見一個低沉的嗓音。

「你就是勾引傑伊的李百元[11]嗎？」

挑釁我的，是個站在我面前擺著一張臭臉的男人——在健身房經常看到的、那種肌肉練過頭的四十歲大叔。他雙手在胸前交叉，由下而上打量著走進房間的

11 兩百元的韓文「이백원（Yi Baek Won）」中的第一個字「이（Yi）」與姓氏「李」的韓文發音相同。

我。還真的是他的靠山啊？我笑了笑。如果要選出世界上最不需要靠山的人，我一定會推薦神經病。他的形象才像是一切的幕後黑手吧？那句問話給我的感覺，比較像被愛慕他、把我當成情敵的人的質問，而不是被來歷不明的大叔指責。

「什麼？沒什麼特別的嘛？」

他吐露不滿後，雙腳外八朝我走來，繼續上下打量著我。

「到底是用什麼勾引他的？」

他的問題讓我很是反感，於是胡亂回答道。

「用錢。」

「什麼?!」

他似乎非常震驚，錯愕地後退了一步。

「用、用多少錢勾引他的？」

「……兩百元。」

他眉毛抽動了一下，像蚯蚓般扭曲。他就那麼注視著我，過了好一陣子才忽然切換表情，低聲說道。

「不錯嘛。」

不錯什麼？這次換我皺眉了。

「兩百元不是金額，而是你的名字。也就是說，你用隱喻的方式，表達了自己勾引他的事實。是知道我愛讀詩，所以刻意想了這招，要討我歡心？你是從哪裡打聽到我的消息的？」

到底在說什麼鬼話？我剛剛才第一次見到你耶。可惜，我已經來不及解開誤會了。

「哼，你的努力值得嘉許，但只有這樣的話，門都沒有。」

他憑空捏造出我努力的形象後，又把雙手交叉在胸前觀察我。我感到十分荒謬，只能不發一語地注視著他。他健壯的體格、堅定的眼神和決絕的表情，都透露著一股無懈可擊的自信。

「既然是傑伊願意帶進工作房間的人，應該要更特別才對。傑伊他啊，對這裡數一數二的優秀人才看都不看一眼。尤其是男人！所以你要在我面前證明，你比他們還優秀！」

他沒頭沒腦地到底在說什麼？我強忍著不耐煩，回了一句。

「為什麼我必須那麼做？」

似乎預料到我會這麼問，只聽他直接回應道。

「不然我以後不讓你進來。」

聽到這句話，我簡直要開心死了。

「無所謂。」

他的眉毛又抽動了一下。

「真令人驚訝。」

「蛤？」

我不自覺發出愚蠢的聲音，但這已經是我當下能給出的、最好的回應了。我的表情大概也很蠢吧。

「你說無所謂，不就表示無論我如何阻撓，你都不受影響，會繼續來見傑伊嗎？」

「不是，我不是那個……」

「我服了，好，你是真男人！」

誰管你服不服，聽我說話好嗎，先生？但這種完全不顧別人心情的人，通常也不會聽別人說話吧。只見語速極快的他，又一次搶占先機。

「好吧，你給我走著瞧。」

情況結束得令人哭笑不得。他用低沉有力的聲音作出結論，而我仔細凝視著他的眼睛。他有嗑藥嗎？我帶著懷疑的眼神認真觀察他，卻只得出我不太想要的結論。以他的年紀來說，他的眼神相當清澈。在神智清醒的狀態下說出這些話，反倒更令我更震驚了。在我內心依舊驚訝不已時，只聽他問道。

「好奇什麼就問吧。」

好奇什麼？我用眼神詢問後，他無奈解釋。

「因為你通過了我困難的第一關面試，我可以為你解惑一次，你好奇什麼就儘管問吧。」

比起他說要為我解惑，「第一關面試」這幾個字更讓我印象深刻。所以之後還會有其他面試嗎？這會不會又是神經病設下的陷阱？我懷疑地開口問道。

「神……傑伊叫什麼名字？」

「名字？就叫傑伊啊。」

「那不是英文名字嗎？應該有本名吧。」

因為社長的所有反應全都出乎我的意料，我只好在內心保持警戒，生怕他又開始自導自演。但他沒有馬上回應，而是盯著我看了許久，久到我覺得反常後，他才低聲咕噥。

「本名啊……沒想到你會問這個，不愧是兩百元，果然跟名字一樣不同凡響。」

他誇張的解讀，我已經可以左耳進右耳出了。

「傑伊是英文名字，但也是他的韓文名字。」

這麼解釋的他，不知為何嘆了口氣，說出了神經病的全名。

「呼，他的本名叫韓傑伊。」

說完之後，凝望著半空的他，不知為何面露遺憾。只不過是說出名字，為什麼會是那種反應？但想起他方才展現出來的浮誇個性，我便打消了好奇。好吧，應該沒什麼特別的。話說回來，既然他姓韓，至少就不是尹理事了。

「很討人喜歡吧？」

他忽然語氣開朗地問我。不愧是個瘋瘋癲癲的人，轉換氣氛的速度之快讓人猝不及防。

「什麼？」

「名字啊，呵呵。其實傑伊小時候很討厭自己的名字，但聽到去美國後不用另外取英文名字，他就天真地喜歡上這個名字了。他本人也是人如其名，討人喜歡又善良。尤其是他的笑臉，簡直就是天使。」

「……你說誰？」

「傑伊啊，傑伊。搞什麼？我在講話，你居然不認真聽？」

「沒有，不是……」

「我警告你，謊言是騙不過我的。我看得出來，我全——都知道。」

他彎起兩根手指，先指著自己的眼睛，再轉過來對準我的眼睛。

「聊到名字這個話題，你也會想起自己名字的故事吧？既然你擁有兩百元這個特別的名字，想必有一段悲傷又辛酸的過往。為什麼叫這個名字？因為有人霸凌你，在自動販賣機前逼你交出兩百元給他們買咖啡嗎？」

開什麼玩笑？我放棄回應，傻眼地盯著他看，但他似乎誤會了我的沉默。

「喔，好，我懂了。原來是最近物價上漲，不會再因自動販賣機被嘲笑了。真是個反映時代的名字。很現代耶？」

他再次獨自感嘆，胡扯一通。他跟神經病不一樣，是另一種層面的瘋。不對，這間酒店是瘋子專用嗎？我簡直要再次懷疑他嗑藥了。幸好他露出澄澈而明亮的眼神，自己主動結束了這場對話。

「好了，傑伊應該在等你，你出去吧。」

他看了看手錶，推著我肩膀的力道，讓我不得不轉身離開房間。雖然沒聊什麼，感覺卻比任何一場對話還要疲憊，我還寧可面對神經病。想到這裡，我急忙邁出腳步，但我的腳還沒落地，他又一次把我叫住了。

「對了，百元。」

「……」

「嗯？你剛才被嚇到了吧？」

可惡。他叫住我的那一刻，我真的受到了不小的驚嚇。他叫我百元的時候，我居然像聽見自己的名字一樣，直接回頭了？但表情應該沒有露餡才對，他是怎麼發現的？我忍住內心的不可思議，向他問道。

「還有什麼想說的嗎？」

「啊，忘記交代你了，我說到傑伊名字的事，要幫我保密喔。」

說出名字有什麼好保密的？只是透露他姓韓而已。但他又重複了一次，好像這件事很重要似的。

「絕對不可以讓傑伊知道是我告訴你的，好嗎？這是祕密，你一定要……」

「什麼祕密？」

這個問題，並不是對著我問的。聽見背後突然傳出聲音，我猛然回頭一看，發現不知何時到來的神經病正靠在門邊。

「是什麼祕密不能讓我知道？」

他彎起和藹的笑眼，溫柔詢問。不過，房內的氣氛卻急速冷卻。社長似乎跟我一樣，沒有被他的笑容欺騙，而是嘴巴微張、定格在原地。不過，他很快清了清喉嚨，板起臉說道。

「你在說什麼？祕、祕密？沒有那種事，我哪有說出什麼祕、祕密？」

他活像個已經說出一百個祕密的人。神經病不可能沒發現這點，但他只是靜靜看著社長，然後一派輕鬆地表示了解。本來面目猙獰的社長，肩膀終於放鬆下來，對我們兩個發號施令。

「既然了解了，你們兩個都給我出去。還有，傑伊，拜託你別在店裡到處晃。都是你每天認真工作到凌晨，導致一些員工效仿你，工作得更認真了，這會讓我產生額外的負擔，必須支付更多薪水！你這樣是造成我的麻煩，我很不爽！所以你今天趕快回家。如果家裡有補藥或紅蔘，記得吃完再睡覺，知道嗎？總之，我不想看到你了，趕快滾出我的視線。」

語氣雖然不耐煩，內容卻微妙地相反。而且生氣趕神經病出去的他，雙手還提著兩盒要送給神經病的補藥。神經病露出嫌麻煩的表情說他什麼都不會吃，要他自行處理掉已經用粗麥克筆清楚寫著「傑伊的」三個字的補藥。想當然，神經病沒有收下。我逼不得已替他接過禮盒走了出去，但門關上前，一句陰沉的警告傳入我耳中。

「你敢吃掉傑伊的份就死定了。」

喀。

我把自己像搬運工一樣雙手提來的補藥，放到依舊凌亂的桌面上。上次來過的他的辦公室，依舊被成堆的書本與紙張占領。第一次看到時，不知道那是什麼而沒有多加留意的東西，現在終於清晰地映入眼簾——那是過去一週，經紀人要我提前熟悉而讓我看的劇本。在這間辦公室各個角落堆放的東西，就是劇本。

「社長跟你說了什麼？」

他隨口一問，讓我收回了瞥向劇本的目光。站在書桌前的他，眼睛仍盯著螢幕。撇開社長的特殊個性不談，他對神經病展現的行為有點怪異。看似隨意對待的語氣，以及凶狠的表情下，卻隱藏著一顆關心他的心。

那他為什麼要口是心非呢？社長彆扭的行為，似乎無法用他的古怪個性來解釋。至少跟我相處的時候，他並沒有隱藏對神經病的偏愛。那就表示，他只有在當事人面前，才會展現奇怪的演技囉。在開口前，我得出了小小的結論。原來是神經病會抗拒啊，抗拒對方像家人一樣關心自己的心意。

「他問我是怎麼勾引你的。」

「那你怎麼回答？」

「我說用兩百元勾引的。」

他慢慢勾起嘴唇，目光離開螢幕。

「沒說錯啊，後來呢？」

他應該是想問，後來社長說了什麼祕密吧。社長要我保密，儘管我認為那根本算不上祕密，但也不打算輕易透露。

「什麼後來？」

聽到我面無表情地反問，他笑得更開心了。

「如果你告訴我，今天的工作量就幫你減半。」

工作？我內心才剛產生疑惑，他就從書桌旁走了過來，遞給我某樣東西。又是隨身碟。我想起枯燥乏味的短篇電影，哀怨地看向他，而他又一次露出微笑。

「有十部，全部看完之後，還要讀完辦公室裡的劇本。全部都要。」

「……」

「需要的話，旁邊有補藥，你可以邊吃邊看。」

不知不覺已經站到門口的他，用下巴指了指社長給的補藥。我想起社長臨走前那句「你敢吃就死定了」的威脅，開口問道。

「要看到什麼時候？」

他似乎對於決定不透露祕密的我感到不可思議，盯著我看了好一陣子，才露出招牌的親切微笑。

「當然是看完為止。」

我下意識掃視了整間辦公室。總共到底有幾本？就算扣掉英文的部分，也要一個多月才讀得完吧。

「對了，我明天還會拿這麼多過來。」

「……」

「如果你有什麼想說的話，就說吧，我可以讓你的工作量減半。」

悅耳的聲音，配上平緩而令人安心的語氣，化為操控對方的微妙力量。還有那溫和的笑容，我想應該沒什麼人能當面拒絕他吧。要是沒有二十四小時對他保持紅色警戒，我說不定也會不自覺地乖乖說出他想要的答案。

「我沒什麼想說的。什麼時候之前要看完？」

他虛偽的微笑——至少眼睛含笑的部分——已經消失了。只是為什麼在我眼裡，他看起來更開心了呢？

「看到我說可以為止。」

該死的傢伙。

「還有，你每天做完工作要離開前，都要得到我的批准。」

他把門打開，似乎要直接走出去，見狀我趕緊開口。

「那你今天先批准。」

方才看到他離開書桌、關閉電腦，讓我理直氣壯地提出要求。我想他應該不是暫時離開，我也不想麻煩地打電話給他。但他扶著半開的門，轉身露出燦爛的笑容。

「不要。」

電影果然無聊透頂。我一直努力不打瞌睡，猛然看了眼時鐘，才發現已經半夜兩點了。原來我看了這麼久。我撐起痠痛的身體，明天就要正式開始上課，經紀人說要交代一些事情，約我早點見面。

想起約好的時間，我就算現在趕回家，也只能勉強睡幾個小時。問題在於，那該死的批准。我掏出螢幕布滿裂痕的老舊手機，點選「神經病」後，按下了通話鍵。在幾聲嘟嘟聲之後，熟悉的女聲親切地告訴我——您所撥的電話未開機。

他該不會故意關機吧？我強忍著不悅，準備把手機塞回口袋時，瞥見了書桌旁的黑色手提包。那應該是他的私人物品，看來他似乎尚未離開這裡。我走出門外想確認情況，正好看見一個路過的服務生。我叫住忙碌奔走的他，指向我身後的房間。

「請問你知道這間房間的主人在哪裡嗎？」

「理事現在跟其他客人一起待在包廂。」

理事？他說他持有這間店的股份，所以他在這裡的地位是理事嗎？我腦中先是一頓猜測，才發現自己好像不自覺對包廂這個詞表現出反感的樣子。聽到他在喝酒，認真閱讀劇本的我莫名覺得委屈，可服務生接下來的說明，讓我遲疑了一瞬。

「因為工作相關的應酬，主要在這裡進行。」

工作相關？他也要工作到半夜嗎？我忽然想起社長說過的話。因為他太認真工作，導致員工效仿他的誇張說詞，現在反倒像事實了。難道他真的每天都那樣工作？不是待在辦公室，就是在這裡應酬？

我感到有些意外。他傲慢自信又惹人厭的模樣，讓他看起來像個身居高位、只會發號施令，然後晚上到高級酒吧揮霍金錢、喝著昂貴酒水的人。我還以為他是從未經歷失敗，靠著家中援助走上康莊大道的典型富家少爺。

但房間裡堆滿的劇本、電影，以及各種影視相關書籍都告訴我，那種想法只是我的偏見。他究竟是什麼來頭？如果只是擁有與生俱來的財富和自信，以及拚死努力的勤勉……這個過於簡單的答案我不太喜歡。

「不過，我稍早經過那邊的時候，看見理事走出去了。」

「走出去了？他去了哪裡？」

「是的，一定是……」

篤定說著「一定是」的他，忽然面有難色地閉上嘴巴。見他一臉知道他人在哪裡的樣子，我也沒有閒工夫追問他不繼續說的原因。我真的很累，而且我需要睡眠。

「在哪裡？」

「應該是他平時會去的地方，但我不方便……」

說到這裡，其他服務生以為出了什麼事過來詢問，一開始跟我搭話的服務生在他耳邊竊竊私語，我只勉強聽見兩、三個詞彙。

「那裡」、「禁止靠近」和「笑臉」。

雖然聽見的內容沒辦法拼湊成句，但我好像可以理解他想表達什麼了。光是提到笑臉，就表示某件事會惹他生氣。而那件事，或許就是不准接近那個地方。

後來出現的服務生跟他交頭接耳了一陣子後，代替同事站了出來。

「喔，您是跟理事一起在辦公室工作的兩百元先生吧？理事現在人在天臺，我帶您過去。」

面對眼前親切的笑臉，我的眼神卻不斷飄向一旁的服務生。他的同事面帶笑容，他卻眼神侷促地往後退了一步。為了帶路，滿臉笑意的服務生站出來催促我。

「在這裡很容易迷路，請務必跟上。」

我跟上他的腳步，瞇起眼睛打量著他的背影。你轉身之前，擺明就是在偷笑。

天臺這個地方跟我不算有緣，但進到夢想之後，這個地方卻開始介入我的人生。如果現在就認為天臺是孽緣，大概只是杞人憂天，但在背後目送我離開的服務生的微笑，卻加深了這種想法。畢竟我已經在夢想的天臺經歷兩次撞見神經病的噩夢了。於是我繃緊神經，走上跟夢想一樣布置得像一座空中花園的天臺。

喀噠、喀噠。

即使努力不發出聲音，在寂靜的夜裡，輕微的腳步聲仍清晰可聞。我站在伸手不見五指的天臺中央左顧右盼，發現左側有一張長椅，以及坐在那裡的朦朧身影。走近一看，那人正放鬆地靠在椅背上，抬頭仰望天空。

一手搭在椅背上而舒展開的肩膀，讓他的體型看起來更魁梧了。但與此畫風迥異的是，他嘴裡正叼著一根棒棒糖。這畫面乍看之下有些過於搞笑，但真正讓我暫時鬆一口氣的原因，是他看起來太悠哉了。那一刻，我感覺自己成了誤闖於此的不速之客。可我依然挪動腳步，來到距離他幾步之遙的地方。

隨後，我屏氣凝神繃緊全身神經。我猜服務生像是故意捉弄我般，把我帶來這裡的行為，一定會讓他非常不爽。這裡應該是他固定的休息地點，如果有人打擾，他肯定會帶著笑容，毫不留情地修理對方吧。我之前跟他討菸的時候，不是有過類似的遭遇嗎？不過，這次我不會單方面挨揍了。雖然我的臉一樣不能受傷，但撂倒他之後……

「想吃嗎？」

「嗯？」

突如其來的問題，讓高度警戒的我像個笨蛋般發出疑惑的聲音。原本仰望著夜空的他眉目低垂，拿出口中的棒棒糖。正當我以為他終於要開始動作，往後退了一步時，他卻只是伸出了一隻手。他抽出口中的棒棒糖，對我說道。

「這裡禁菸。」

「……」

「意外地好吃呢。」

我的目光在他的臉和棒棒糖之間游移。對方無辜遞出的一根棒棒糖，頓時讓全身緊繃的我顏面無光。

「什麼嘛？你不喜歡吃甜的？」

我好不容易才穩住心神，對著小小埋怨的他開口。

「就這樣嗎？」我環顧空蕩蕩的四周，繼續說：「你自己待在這裡的時候，不會討厭別人打擾你嗎？」

被我這麼一問，他又把棒棒糖塞回嘴裡，再次開口。

「會啊，有時直接開罵，有時直接出拳。」

「……」

「既然你知道，幹嘛還進來？」

「因為我不怕。」

他咧嘴一笑。因為嘴裡叼著棒棒糖，他的笑容看起來天真得像個孩子，但那只是表象罷了。他的眼睛在燈光下，像掠食者一樣閃爍著危險的光芒。

「聽到那種話，我會興奮的。」

我皺起眉頭，心想與其說這些沒營養的話還不如打架算了，但那副模樣，似乎讓他笑得更開懷了。

「那副表情。」

我頓了一下，馬上鬆開皺起的眉頭，只不過，他已經用棒棒糖指向我的臉。

「看到你上次才被我修理過，現在又想撲上來的那種眼神，讓我的下半身蠢蠢欲動。」

他聲音溫柔，和露骨的言論完全不搭。可惡的是，我居然不自覺地往下看了一眼。儘管目光迅速上移，卻還是看見了他微微隆起的褲襠。媽的。我在內心這樣咒罵，可厚臉皮的他，卻用飽含笑意的聲音說道。

「不用偷看，你想要的話，我也可以直接塞進你嘴裡，讓你看看它變得多硬。」

畢竟都是男人，秒懂他的言下之意後，我又瞪了他一眼。明知這樣更容易落入他的圈套，我還是控制不住自己。

「如果想被我的牙齒咬斷，就塞進來啊。」

我低聲恐嚇，他的嘴角卻勾起一抹興味的微笑。

「既然放進嘴裡會有危險，那後面呢？後面有緊到能夾斷嗎？」

「別開玩笑了。」

「我已經說過好幾次，我從不開玩笑。」

他收起笑容，打斷我的話，面無表情地把玩手中的棒棒糖。

「我說你啊，難道還不懂我說想幹你是什麼意思嗎？你覺得你要我幫忙的時候，我為什麼沒有拒絕？真的是相信你的價值會提升嗎？」

他夾雜低笑的話語，緩慢地繼續。

「怎麼可能？就只是你會讓我興奮而已。」

他的語氣一派輕鬆，盯著我的眼神卻凶狠得令我不敢移動目光。那眼神彷彿在告訴我，他是真的想在這裡上我。雖然憤怒，但看著那露骨壓迫的眼神，我內心不住湧上一陣惡寒。

「別怕，我會保護好你那具漂亮的身體。」

「誰怕了？媽的，先保護好你自己吧。」

勉強回應後，我率先挪開目光。坦白說，直視那種眼神，讓我有些喘不過氣。可惡。

「以一個主動說要以身相許的人來說，你的反應太天真了吧。」

我說可以成為他的人，是我什麼都願意做的意思，但坦白說，當時我根本沒想到上床這個意思。難道不是嗎？我們可是一見面就會起爭執的、一觸即發的緊張關係。

「這麼說來，復仇進展順利嗎？」

他口中忽然轉變的話題，讓我不動聲色地將臉面向他。按照我現在的處境，必須得到他的幫助，理應對他的關注感到高興才對。可是當面聽到宛如中年大叔的調戲，我實在高興不起來。只因我讓他感到興奮就決定幫我，這種荒謬的理由……想到這裡，我忽然有種奇怪的感覺，我好像遺漏了什麼……究竟是什麼呢？在我專心思考時，一聲呼喚打斷了我的思緒。

「喂，李宥翰。」

我看向他，只聽他用冷淡的語氣開口。

「我在跟你說話，專心聽。

「聽說你從今天開始上課，擬定好對策了嗎？」

我知道他問的是關於什麼的對策，畢竟他讓我看了錄到明新的監視器畫面。況且他也知道暫停後的內容，知道誰會找我麻煩。

「沒有。」

我簡短回答後，他笑著用力舔了一口棒棒糖。

「要是你知道誰會霸凌你，應該馬上就能擬定好對策了，不是嗎？你想知道的話，我可以告訴你。只要你也說出我想知道的事。」

他想知道的事。我理所當然認為是我跟社長的對話，所以搖了搖頭。我不覺得只是知道名字有什麼好炫耀的，更不認為那是祕密。

「沒什麼，社長沒說什麼。」

「我問的不是這個。」

不然呢？我狐疑地看向他，而他再次喚醒了我的記憶。

「第一個睡你的男人。」

「你幹嘛那麼好奇這件事？」

他執著的程度完全出乎我的意料，讓我也忍不住開始好奇了。見他望著半空中，我以為他在思考答案，卻聽他緩緩開口。

「這個嘛，就是會在意，也很不爽。你也很不爽吧？」

不爽什麼？我本想反問，但他緩緩勾起的嘴角讓我心頭一驚，下意識忍住了。

「因為我睡過你以外的男人。不會嗎？」

——不會。

答案再次消失在口中。站起身後，臉頰邊出現酒窩的他朝我走來，站在離我極近的地方，輕輕低下頭，悄聲說道。

「說吧，你有什麼感覺？」

淡淡的糖果味充盈鼻腔，我抬頭直直看向他。

「沒有任何感覺。」

「真令人難過。」

我對他的感慨感到荒謬。

「對一個被你揍過的人，你還期待什麼？」

「雖然你被我揍過，但也受過我的幫助，所以我還是有些期待。」

我一語不發地瞪著他，意識到他正在耍我。我越容易因為小挑釁而動怒，他就覺得越有趣。奇怪的是，儘管知道這點，我在他面前還是控制不住情緒，現在才會不由自主地對他冷嘲熱諷。

「不知道耶，不然你先被我揍揍看，看我會不會對你有所期待。」

他笑著朝我走來。看見他盈滿開心的雙眼，我又再次豎起寒毛。即使沒有親眼確認，我也能確定他的下面變得更硬了。這傢伙是真的興奮起來了。不過，和他的眼神不同，他回話的聲音平靜而慵懶。

「如果是其他人，我應該會讓他們不敢再開口說話，但我怎麼會覺得你很可愛呢？」

可愛？我嗎？我簡直要懷疑自己的耳朵。來不及隱藏詫異的情緒，我的表情似乎又逗樂了他，讓他瞬間噴笑出聲。

「你第一次被說可愛嗎？」

「對，比被罵還讓我震驚。」

「知道了，我以後會常對你說的。」

「靠，不准說。」

我咬牙對他放話，卻毫無效果。他盯著我，把頭側向一旁。

「真的好可愛。」

「不要說了……」

「身高跟身材都剛剛好。」

到底哪裡剛好了……我本想開口，又努力忍住了。要是真的問出口，恐怕會聽到我不想聽的答案。他似乎看穿了我的心思，直接開口道。

「你怎麼不問什麼剛好？」

「不用想也知道是屁話。」

「害怕的樣子也好可愛。」

「媽的，誰怕了？」

罵完之後，某個突然自腦海閃過的畫面，讓我不自覺喃喃自語起來。那是少數曾讓我感到害怕的東西之一。

「又不是糖果屋兄妹出現。」

聽見我的呢喃，他發出疑惑的聲音。

「糖果屋兄妹？」

喔，他不知道那對可怕的糖果屋兄妹嗎？

「就是擅自吃掉糖果屋被逮到，卻殺死屋主老奶奶的兄妹。」

「……漢賽爾與葛麗特[12]？」

「嗯，好像叫那個名字。」

我點點頭，只聽他緩慢地回應，聲音聽起來有些錯愕。

「那個屋主老奶奶是個巫婆。」

「不管是什麼，那對可怕的兄妹都殺死她，拿著錢跑了。」

他抿嘴盯著我看，然後突然轉過頭。不知為何，看起來像在憋笑。他這個比世界上任何人都愛笑的人，根本不可能憋笑吧。

「所以你害怕童話故事？」

「小時候才會，小時候。」

12 《糖果屋》又譯《漢賽爾與葛麗特（Hänsel und Gretel）》，是一則由格林兄弟收錄的德國童話。

我強調著小時候，又怕他誤會，補充說道。

「只是小時候曾經有一小段時間覺得他們有點可怕而已，我可是連鬼都不怕的人。」

「真的？就算鬼擅自闖進你家，吃光所有東西也一樣？」

「鬼要怎麼吃東西？鬼就算要吃，也只會吃掉食物的靈魂，實際上食物不會消失。不然大家每次祭祖的時候都會嚇死吧？拜託說點人話……」

我因感到荒謬脫口而出的話才說到一半，就看見了他促狹的眼神。意識到又被他耍了之後，我忍不住板起臉來，而他再次轉過頭，迴避了我的目光，喃喃自語道。

「食物的靈魂，我要瘋了。」

我才要瘋了吧？你有什麼資格說別人啊。我馬上擺出臭臉，但那反而讓他的嘴角又一次泛起笑意。

「我真的好喜歡你那種表情。」

「喜歡的話，每次見面時我都能擺給你看，因為只要見到你，就會自動變成這樣。」

「只有我嗎？」

他的反問聽起來非常愉悅，讓我無法附和說「對」。他用變得深邃的眼神看向我，輕聲說道。

「明明說只有我，又說沒有任何感覺，我不信。」

我一開始沒聽懂他的意思，過了一會兒，才想起稍早跟他的對話。

——你也很不爽吧？因為我睡過你以外的男人。不會嗎？

——沒有任何感覺。

他居然會在意我的回答？想通這點後，我聽見神經病漸趨生硬的語氣。

「我看過你的形象照了。你知道嗎？除了面無表情外，你每種表情都很尷尬。」

面對突然轉換的話題，我有些不知所措。

「所以呢？」

「你在今天的課程，馬上就會因此而受到指責。我給你一種可以馬上改過來的特效藥吧？」

與此同時，他把自己吃過的棒棒糖遞到我面前。棒棒糖停在我的唇邊，一股甜膩的氣味撲鼻而來。

「我不需……唔！」

那瞬間，與香氣一樣的甜味倏然鑽進口中，但那並不是方才在我唇邊的棒棒糖。趁我不注意時覆上的唇，瞬間翹開我的嘴，把沾染著甜味的舌頭伸了進來。我試圖轉頭，但他的手在不知不覺間已牢牢按住了我的頭。在那種狀態下，我只能嘗試著用手推開他。

在我奮力掙扎時，他的另一隻手臂環過我的腰，讓我緊緊貼在他身上，如此一來，我更沒有推開他的空間了。隨著我的狼狽掙扎，嘴裡的舌頭也越發深入。可笑的是，我腦中浮現的第一個念頭居然是「好甜」。真的好甜，而且美味得令人不爽。他只是把舌頭伸進來攪動一下，短暫的親吻便結束了，可那股甜味依舊在我的唇舌中蔓延。

「怎麼樣？很甜吧？」

被他一問，我立刻露出不悅的神情，而他卻彎起眼睛。看起來莫名真誠的笑容，讓我感覺他像個孩子時，他又繼續說道。

「想要代入感情時，就回想那股甜味，然後重新想像一下。」

他放開我的腰向後退了幾步，但被他觸碰的感覺，仍像著火般在我的腰間不停躍動。面對面緊緊相貼的身體，讓我忍不住有些興奮。該死，是這陣子禁欲太久了嗎？在我陷入尷尬的自我糾結時，洞悉我反應的他在我耳邊輕聲說道。

「還是沒有任何感覺嗎？」

「是沒睡飽嗎？你有點水腫耶。」

聽著經紀人的關懷，我一邊走進要上課的地下室。經紀人說講師在演藝圈很有名，要我認真學習後，在走進教室前叫住了我。他露出靦腆的笑容，遞給我一樣東西——一支半個巴掌大的錄音筆。

「它音質很好，如果你錄下自己的聲音，它會完整還原你聲音的狀態。對了，把課程錄下來，對你也會有幫助。」

向他道謝後，我接過錄音筆，而他開始向我講解操作方式。就這麼在半開的門前聽他講了一陣子，我才終於進到教室。因為還沒開始上課，幾個人本來聚在一起聊天，在我走進去時，便一齊轉頭看我。我把經紀人給的錄音筆塞進口袋，朝他們走去。教室裡一共有四個男人。第一個向我搭話的，是跟漢洙一樣，散發開朗氣質的金毛。

「喔，聽說今天有新同學要來，就是你吧？那你以後就會跟我們一起上課囉。我也剛加入沒多久，請多指教。」

我握住他伸出的手，站在他身邊、跟他勾肩搭背的男人「嗤」了一聲。

「聽說你是崔經紀人發掘的？我看你好像沒什麼錢，那副德性撐不過一個月吧。」

四人當中最醜的那個，上下打量著我的舊衣服，然後用大家都能聽見的音量，對著站在旁邊的男人說道。

「這裡的水準也下降太多了吧？怎麼只有那些破爛傢伙爬進來？」

被問問題的、長相凶狠的男人噗嗤一笑，對我開口。

「你真的沒錢喔？是刻苦努力的人設？現在那樣行不通了。」

他冷漠回應後，指向靜靜站在那裡的最後一個男人。

「他就是典型的例子，已經四年了還不能出道。因為年紀越來越大，沒工作可做，只能在這裡聽課。因為他既沒錢，也沒背景。」

我看向最後一個男人，面貌和善的他禮貌地與我對視。即使有人當面貶低自己，他也沒有生氣，只是苦笑了一下，向我伸手。

「你選擇了一條不好走的路，但還是歡迎你的到來。」

我回握他的手，向四人輕輕點頭。

「請多多指教。」

在短暫的寒暄裡，四人各自展現了不同的反應——感興趣、不耐煩、漠不關心和警戒，我把他們的反應記在腦中，同時靜靜觀察他們四人。這時，我聽見講師步入教室的聲音。我的第一堂正式課程開始了。

經紀人給的錄音筆滿好用的。今天上了四小時的發聲與發音，聆聽自己的聲音，能夠讓我清楚知道自己該修正的地方，對學習相當有幫助。

在課程期間的三次下課，我都認真補充水分，努力聆聽自己的聲音，及時改正。在漫長的課程結束後，我在收拾包包時被講師叫住了。可能是第一次上課吧，講師針對需要調整的地方給了我不少建議。我努力記住那些建議，點了點頭。

「我聽說你完全沒學過演戲，但你的發聲跟發音都很不錯，音量也夠大。」

音量夠大，或許是以前打架的時候喜歡叫囂的關係。我想這種事應該不用特地說出來，只用點頭回應講師的讚美。跟講師分開後，我回到放包包的地方準備離開，卻沒看見我稍早脫下的外套。不知不覺間，教室只剩下我一人，我拿起包包環顧周遭。

我明明把衣服放在包包上，而且外套裡還放著經紀人給的錄音筆。我懷疑自己記錯了，於是又在教室裡東張西望。這時，有人突然從開啟的門縫探出頭來。顯眼的金毛一看見我，就招手叫我過去。等我走近後，他用嚴肅的語氣小聲問我。

「你有東西不見了嗎？」

「對。」

聽見我的回答，他咬住下唇「唉」了一聲，帶我走進廁所。據說上課上了四年、那個長相和善的男人，正面色凝重地站在裡面。他視線所及之處，是門已經敞開的最後一間廁所。看見我走進廁所，他便往後退了一步，伸手指著裡面。

我邁開步伐走向他指的地方。在狹窄的廁所裡，最先映入眼簾的，是我被掛在馬桶蓋上面的外套，上面用黑字寫著「滾，窮光蛋」。但讓我更不爽的，是那個被澄黃尿液浸滿的馬桶。我的錄音筆，此時正泡在散發尿騷味的馬桶之中。

如果無關緊要，我還可以當作是小學生的幼稚玩笑不計較——如果錄音筆不是經紀人送給我的。我知道買下這臺小小的機器，對他來說是多大的負擔。我這週幾乎跟他形影不離，看見他一天三餐都吃泡麵果腹。

我沒看到的時候，他似乎還會直接餓著肚子。漢洙擔心他會因營養不良而昏倒，總會幫他準備各種東西。他不顧自己身體的程度，極有可能讓漢洙的擔憂成真。所以我知道，一支錄音筆的價格，對他來說，就跟幾億元沒兩樣。

「瞧不起人家沒錢，自己卻做出這種幼稚行徑……」

「真丟臉，不知道到底在搞什麼。」

面善男咂嘴抱怨，金毛則是嘆了口氣附和。從兩人的反應，可以看出他們意有所指的犯人是誰，大概是長最醜的那個男人吧。我走向前，毫不猶豫地把手伸進馬桶。在後面看著我的金毛發出「噁」的聲音，乾嘔了一聲，但我不以為意，直接從尿液裡撈出錄音筆。在我轉身之後，兩人詫異地看著我，趕緊退到一旁。

「那、那個要怎麼辦？」

還能怎麼辦？

「修一修，繼續用。」

這麼回答後，我到洗手臺洗了手和錄音筆。雖然兩人說是醜男幹的好事，但我清楚記得醜男提到我的經紀人時露出的表情。他那覺得我的經紀人沒什麼了不起、認定自己已經獲勝的表情。也就是說，對他來說，我非但沒有礙到他的眼，更不是他處心積慮要趕走的對象。如果不是他，就只有一個人會在意我了——和明新有關係的人。

我抬頭凝望鏡子，從鏡中窺見兩人瞠目結舌的表情。

是你們之中的誰呢？把我的錄音筆丟進馬桶的王八蛋。

——《PAYBACK 01・上》完

NE026

PAYBACK 01・上

페 이 백

作　　者　samk
譯　　者　吳采倩
封面設計　CC
封面繪者　Uri
責任編輯　任芸慧
校　　對　胡可葳

發　　行　深空出版
出 版 者　深空出版有限公司
地　　址　臺北市中正區館前路 59號 9樓
電　　話　(02)2375-8892
傳　　真　(02)7713-6561
電子信箱　service@starwatcher.com.tw
官網網址　www.starwatcher.com.tw
初版日期　2025年 02月

總 經 銷　聯合發行股份有限公司
地　　址　新北市新店區寶橋路 235巷 6弄 6號 2樓
電　　話　(02)2917-8022

國家圖書館出版品預行編目 (CIP) 資料

PAYBACK01 / S A M K 著 . -- 初版 . -- 臺北市 :
深空出版有限公司出版 : 深空出版發行 , 2025.02
冊 ;　公分
ISBN 978-626-99031-9-1(第 1 冊 : 平裝). --
862.57　113018638